HET GEWETEN VAN ROBERTO DONI

Giorgio Fontana

Het geweten van Roberto Doni

WERELDBIBLIOTHEEK · AMSTERDAM

Uit het Italiaans vertaald door Philip Supèr

De vertaler ontving voor deze vertaling een werkbeurs van het Nederlands Letterenfonds

Eerste druk maart 2014
Tweede druk mei 2014

Omslagontwerp Studio Ron van Roon
Omslagillustratie © Karina Simonsen/Trevillion Images

Oorspronkelijke titel *Per legge superiore*

First published in Italy by Sellerio editore, Palermo, 2011
This edition published in agreement with the PNLA & Associati S.r.l./Piergiorgio Nicolazzini Literary Agency

www.wereldbibliotheek.nl
ISBN 978 90 284 2543 9

Voor mijn vader

Daarom ben ik het onrecht
echt wel een beetje dankbaar.
Wat zou ik zonder hem moeten doen
met de rest van mijn leven?

Erich Fried, 'Lebensaufgabe'

I

De bouten. Daarmee was het allemaal begonnen. Elke dag, als hij op het werk kwam, naar buiten liep om te lunchen of weer naar huis ging, bleef Doni even staan om ze te bekijken.

Van een afstand leken het gewoon slijtplekken, of vlekjes die altijd al in de tegels hadden gezeten, maar het waren bouten, grote metalen bouten, die het marmer op zijn plaats moesten houden. Het oorspronkelijk aangebrachte cement was namelijk aan het loslaten, waardoor het hele gebouw gevaar liep.

Die dingen hadden natuurlijk iets van een morele boodschap. Het huis van het Recht dat zich moet voegen naar de hogere wetten van de materie. Maar Doni zag er niets anders in dan de idiotie van de mensen, en misschien een vage waarschuwing: nooit bouwen op zand.

Op de dag dat zij hem schreef, bedacht Doni dat het Paleis van Justitie dat lot had moeten ondergaan omdat het de omringende ruimte van zich af stootte. Het was ermee in gevecht, het was niet in staat er deel van uit te maken, zoals het dat trouwens ook niet zou kunnen in een willekeurige andere wijk van de stad. En het kon niet alleen maar een kwestie zijn van bouten en scheuren en lelijkheid. Net zo min als de architectuur uit de tijd van het fascisme of de overwinning van de breedte op de hoogte voldoende waren om het Paleis te vonnissen. Nee, het Paleis had één bepaalde, unieke eigenschap.

Het was iets wat te maken had met ballingschap, een moeilijk te vatten gevoel.

Als hij daar binnen was, voelde Doni zich verbannen uit de rest van de stad, uit het land, uit de wereld. De kracht van honderden bouten moest hem overeind houden, zand gebouwd op zand.

Op de dag dat zij hem schreef, bestond Doni's lunch niet uit de gebruikelijke mueslireep, maar at hij samen met Salvatori, een officier van justitie, in een restaurant. Dat was niet de gewoonte. Als magistraten hadden ze altijd haast, hoogstens kwamen ze wel eens in een of andere vreselijke selfservice in de buurt.

De weinige vrienden die hij nog had, zijn zwager in het bijzonder, benijdden Doni om de locatie van zijn Paleis. Het mocht dan een ruimtevijandig ding zijn, wat dan ook, maar het bevond zich wel mooi op een steenworp van de dom. Vandaar dat iedereen dacht dat hij lunchte in kleine, verfijnde brasserietjes in Franse stijl, of in deftige grand cafés uit de jaren twintig – risotto met saffraan, biefstuk, en dan een kopje koffie aan de bar, met je sjaal om de kraag van je jas geslagen.

In werkelijkheid aten Doni en zijn collega's bijna uitsluitend broodjes. Velen van hen hadden een volwaardige aversie tegen dat hele lunchritueel ontwikkeld, en sommigen koersten meteen af op een aperitiefje, of op de avondmaaltijd, en haalden dan alles in.

Maar met Salvatori lag het anders. Het was de moeite waard om een uurtje op te offeren voor hem, omdat hij zowel ordinair als wanhopig was. Allebei eigenschappen waaraan Doni een hekel had, maar die verenigd in een dikzak uit Zuid-Italië van midden veertig en met de nodige zelfspot, een vermakelijk mengsel vormden.

Ze gingen naar een restaurant in de Via Corridoni. Doni bestelde zeetong à la meunière en wilde daarbij een ambachtelijk gebrouwen biertje proberen. De hele maaltijd lang voerden ze het bekende toneelstukje op waarin Salvatori het hoogste woord voerde en Doni de rol had van de acteur met teksten in telegramstijl.

‘Jij hebt niet echt te klagen, hè,’ zei Salvatori.

‘Nou, ik ben anders behoorlijk oud aan het worden.’

‘Ja, dat wel. Maar je zit er toch maar mooi, bij het ressortsparket.’

‘O, daar kom jij ook nog wel ’s. Gewoon geduld hebben.’

‘Maar jij bent een echte bikkel. Je werkt keihard, dat weet iedereen.’

‘Dat heb ik altijd wel gedaan, ja, hard werken.’

‘Ja, maar je gaat nog steeds door, je zakt niet in. Begrijp je wat ik bedoel?’

Doni schudde heel kort zijn hoofd.

‘Binnenkort geven ze je natuurlijk een mooi parketje ergens in de provincie, en dan kun je je gemak ervan nemen,’ ging Salvatori verder. ‘Ja toch?’

‘Dat hoop ik wel, inderdaad. Ik zou naar Varese gaan, maar uiteindelijk hebben ze de voorkeur gegeven aan Riccardi.’ Doni sneed het laatste stukje tong in twee gelijke delen. ‘Die is jonger en slimmer dan ik, schijnt het.’

‘En hij ligt wat beter bij bepaalde mensen.’

‘En hij ligt wat beter bij bepaalde mensen.’

‘Maar dat ga je nu dan toch goedmaken? Pavia, Piacenza... Of misschien meer naar het noorden, Como... Jezus, hoe heten al die plaatsen daar ook allemaal weer?’

‘Geen idee. Como? Lecco?’

‘Ja, precies, zo’n soort stad.’

‘We zullen zien.’

‘Je hebt het hier wel gehad, toch?’

Doni haalde zijn schouders op en nam een slokje water. Het meisje van de bediening bracht de rekening.

‘Ikzelf heb er anders méér dan genoeg van,’ zei Salvatori. ‘Ik walg van Milaan. Ik werk hier vier jaar en ik kan er nu al niet meer tegen. Het is toch ook niet te doen? Ja, ik weet het, je moet proberen je erdoorheen te slaan. Maar dat is nou juist het probleem. Milaan is een stad die je alleen maar doorkruist. Ik begrijp er nog steeds niks van hier, en ik kén hier vooral ook niks. Ik zie alleen maar de onderkant van deze helse stad. Ik woon in Piola, daar neem ik de groene metrolijn, ik stap over op de rode en stap uit op San Babila. Dat is 's morgens, 's avonds doe ik dezelfde route andersom. Weet jij dan nog waar ik godverdomme woon?'

'In Piola.'

'Ja hoor, dág!'

'Je kan toch 's avonds gaan wandelen, als je dat zo graag wilt.'

'Ach, welnee, waar moet je in godsnaam naartoe? En daarbij: 's winters is het steenkoud en 's zomers snikheet.'

'Vandaag is het anders wel lekker.'

'Ik weet niet hoe ik het je duidelijk moet maken. Het is een kwestie van tempo, van bepaalde stappen.' Doni lachte breed. 'Van beloond worden.'

'Milaan is een gierige stad, die pas iets geeft als je het heel vriendelijk vraagt,' zei Doni.

'Maar dat ben ik niet gewend. Ik ben gewend dat een stad vol in mijn gezicht waait, niet dat ik op mijn knieën moet vallen voor ieder stukje brood. Dat zal allemaal wel komen omdat ik zo'n cliché-zuiderling ben, weet ik het. Maar hoe het dan ook komt, om hier te kunnen leven heb je goddelijke bijstand nodig.'

'Amen,' zei Doni, en nam nog een slok ambachtelijk bier. Dat was koud en sterk: hij voelde ontspanning in zijn mond en een prettige prikkeling in zijn kaken.

Salvatori keek hem aan en schoot in de lach.

'Amen,' herhaalde hij. 'En geloofd zij de Heer!'

Maar toen ze uit het restaurant kwamen, zag Doni een straal licht de gebouwen doorklieven bij de kruising met de Via Conservatorio. Er ging een onnatuurlijke rust van dat moment uit, schoonheid geschreven in het contrast: de theorie van Salvatori werd weerlegd en als bij toverslag was Milaan schitterend.

Doni herinnerde zich hoe hij als jongeman 's avonds, na zijn colleges recht, naar zijn ouderlijk huis liep. Hij kruiste dan deze straten en nam daarna de Via Sottocorno, vervolgens de Corso Indipendente tot het Piazzale Susa, waar zijn vader een driekamerwoning had gekocht met de erfenis van zijn eigen vader. Soms dook hij onderweg even een bar in, voor een broodje, soms ook week hij uit in noordelijke richting, om naar een bioscoop in de Corso Buenos Aires te gaan. Nooit ging het hem duizelen, hij voelde alleen de zoete rust van een lange pauze.

Salvatori liep een paar stappen voor hem. Doni hield een moment halt om nog een keer naar dat licht te kijken. Het was nu uiteengevallen in een soort diffuse schittering die alles daar leek te willen omvatten: de boomtakken vol knoppen, de muren van de gebouwen, de vensterbanken. April leek meer een lichaam dan een maand.

Een jongetje rende naar het fonteintje voor de San Pietro in Gessate-kerk. Een elegante oude heer stak zijn krant onder zijn arm en begon te fluiten.

Er ging een siddering door Doni heen, die hij meteen indeelde bij de plezierige gevoelens die hij al heel lang niet had ervaren. Het was iets onmiddellijks en kortstondigs, iets wat waarschijnlijk ook met dat biertje te maken had; hij leefde.

De middag bracht hij door in de ruimte waar de servers stonden, om samen met de technici een probleem op te lossen. (Zonder het te willen was hij benoemd tot contactpersoon voor de computers van het Openbaar Ministerie.) Een secretaresse had per ongeluk een deel van de database gewist, ook al bleef ze het ontkennen. In tranen had ze daar gezeten, haar hoofd en wijsvinger schuddend. ‘Het is niet mijn schuld! Het is niet mijn schuld!’ zei ze steeds maar. ‘Er sloot zomaar opeens een venster op mijn scherm, ik begreep er niks van, het is niet mijn schuld!’

Doni wist er weinig van, maar moest wel beslissen welke gegevens gered moesten worden. De technici hadden juist weer zoveel verstand van zaken dat iedereen in de war raakte. Terwijl hij met hen besprak wat er gedaan moest worden, werd hij gebeld door Ferrero. Dat was een Piemontese collega, broodmager, waarschijnlijk een beetje gek. Doni ging de gang op en bracht zijn mobieltje bij zijn oor.

'Hé Roberto,' klonk het, 'ik zocht je.'

'Dag Marco.'

'Heb je even een momentje voor me? Ik heb een probleem met mijn pc.'

'Ik ook,' zei Doni, 'met meerdere pc's zelfs.'

'Hoe dat zo?'

'Ik ben in de serverruimte, we moeten een heerlijke puinhoop zien op te ruimen hier...'

'O.' Even bleef het stil. 'Nee, maar het gaat om een virus.'

'Dan moet je het antivirusprogramma starten.'

'Ik weet niet hoe dat moet.'

'Hoezo weet je niet hoe dat moet?'

'Ik weet niet hoe dat moet. Ik ben eenenzestig jaar, Roberto.'

'Nou en? Ik ben vijfenzestig.'

'Kan je niet even komen kijken hier?'

Doni voelde het bloed kloppen in zijn linkerdijbeen. 'Marco,' zei hij rustig, 'voor dit soort dingen hebben we technici: bel er een. Ik ben een officier van justitie bij het ressortsparket. Ik weet niet eens wat ik hier bij die servers doe.'

'Ik weet het, ik weet het, maar je begrijpt het toch wel...?' Hij sprak zachter. 'Jou vertrouw ik, jij bent een collega. Je weet toch nooit wat zo'n technicus allemaal gaat rondbazuinen?'

'Wat zou dat dan wel kunnen zijn?'

'Zachtjes een beetje, alsjeblieft... Nee, maar begrijp je me? Je kijkt 's rond op bepaalde sites, en dan kan je opeens zo'n virus hebben, toch?'

'Bepaalde sites?'

'Zachtjes een beetje...'

'Marco, zit je me nou te vertellen dat jij op het werk pornosites bezoekt?' fluisterde Doni.

'Welnee, geen porno. Nou ja, niet écht, dan. Maar ik surf wel eens op internet, ja... Kom op nou, mannen onder elkaar, we begrijpen mekaar toch wel? Kom je me nou even helpen of niet?'

Toen hij weer terug was in zijn kamer, was de zon verdwenen en had het Paleis de touwtjes weer in handen. Dat kleine geluk van na de lunch: verdwenen.

Doni tilde de vitrage een stukje op en keek naar buiten. Het was kwart over zes en het grootste deel van het werk dat hij had willen afmaken lag nog onaangeraakt op zijn bureau. Even stond hij te overdenken of hij door zou werken, zoals hij dat vaak deed toen hij jong was (het idee trok hem wel aan; hij had wel zin om even snel een broodje en een Coca-Cola te halen, hij had wel zin om te ondervinden hoe de dag afliep, om de plotselinge huivering van de avond te voelen – om te werken in leegte en eenzaamheid), of naar huis zou gaan.

Uiteindelijk besloot hij om het te laten schieten. Hij was te moe, en het laatste deel van de middag, toen hij bij die viespeuk van een Ferrero dat virus was gaan verwijderen, had hem echt genekt. Hij ging aan zijn bureau zitten, bewoog zijn muis en opende Outlook, om nog even de laatste e-mails te checken.

Tussen de nog niet gelezen mails was er een van een hem onbekende afzender. Die klikte hij aan.

2

In de e-mail stond het volgende:

Geachte heer Doni,

Mijn naam is Elena Vicenzi en ik ben freelance journaliste. Ik werk voor een paar lokale bladen en vooral voor het tijdschrift A-Zone.

Ik schrijf u in verband met de zaak-Ghezal.

Ik stel me voor dat het niet gebruikelijk is dat een officier van justitie bewijzen ontvangt ter verdediging van een verdachte, maar ik vertrouw u en denk dat ik het wel kan doen.

Maar laat ik ter zake komen. De afgelopen maanden heb ik veel research gedaan voor een reportage, en ik heb heel goede redenen om aan te nemen dat Khaled Ghezal niet schuldig is aan het delict.

Zo gesteld zou dit de zoveelste brief van een gekkin kunnen lijken, dus verzoek ik u dringend om me te geloven: ik ben niet gek.

Ik moet u dringend spreken, aangezien het proces al over drie weken plaatsvindt. Kunnen we elkaar ergens ontmoeten? In het Paleis van Justitie of ergens anders, wat u prefereert. Het gaat om het leven van een onschuldige man.

In de hoop uw antwoord te ontvangen, en met vriendelijke groet,
Elena Vicenzi

Doni bleef even onbeweeglijk voor het scherm zitten. Toen sloot hij het mailtje en las er vervolgens nog twee. Het eerste was van de Milanese afdeling van de Vereniging van Officieren van Justitie. Meerdere personen kregen er een c.c. van en het ging over het cadeau voor de hoofdofficier van justitie, dat hem zou worden aangeboden ter gelegenheid van de feestelijke lunch die hij elk jaar organiseerde bij Pavia. Het andere bevatte een nieuwsbrief van Onafhankelijke Magistratuur, de rechtse beroepsorganisatie waarvan hij lid was. Een organisatie die er nooit ook maar iets toe had gedaan, maar waarbij Doni zich toch had willen aansluiten, met een derde aan scepsis, een derde aan overtuiging en een derde aan dwars plezier om in de minderheid te zijn.

Daarna klikte hij opnieuw het mailtje van de journaliste aan, opende Google en voerde daar haar naam in. Elena Vicenzi. Een handjevol hits: wat artikelen her en der, vooral over maatschappelijke onderwerpen. Het tijdschrift *A-Zone* (dat Doni niet kende) noemde haar als een van de medewerkers.

Hij scrolde verder naar beneden en zag dat de journaliste erin was geslaagd om iets te publiceren in de onlineversie van *l'Espresso*: een klein onderzoek naar illegaal gebouwde huizen in Noord-Milaan. Doni las vluchtig de eerste zin en ging vervolgens naar Google Afbeeldingen. Er leek maar één foto van haar te vinden te zijn. De resolutie daarvan was minimaal en veel kon je niet onderscheiden, maar hij zag dat Elena blond krullend haar had; ze lachte niet.

Hij wiste het mailtje en wierp vervolgens nog even een blik op de site van persbureau Ansa. Een moord in Emilia Romagna. Ruzie in het parlement. Kritiek op de rechterlijke macht in het algemeen en op de Milanese magistratuur in het bijzonder.

Toen deed hij zijn pc uit, pakte zijn jasje en ging naar huis.

3

Doni woonde in de Via Orti, achter de Corso di Porta Romana. Van zijn huis naar het Paleis was het maar een klein stukje lopen, precies twaalf minuten als hij het tempo aanhield dat hij in de loop der jaren had ontwikkeld.

Op de heenweg nam hij de Via della Commenda, en volgde dan de muur van het ziekenhuis daar. Dat gebouw deed hem aan Londen denken, met al die rode bakstenen en de ambulances op de parkeerplaats. Van daaruit kwam hij op het Piazza Umanitaria, waar dat schitterende beige gebouw stond. Soms, als hij vroeg van huis was gegaan, stopte Doni hier een moment om een uniek genoegen te ondergaan: even gaan zitten op een bankje in het centrum van Milaan, onder de boomtakken. Dan was hij plotseling niet meer daar, maar in een stad ergens anders in Europa, in een sobere en waardige metropool – Wenen, München, Parijs – waar vorm en verleden hand in hand gingen, ook in de meest obscure hoekjes.

Uiteindelijk kwam hij dan in de Via Daverio, waar je de achterkant van het Paleis al kon zien: het verhoogde zwarte dak en de verdiepingen die er in de jaren tachtig waren bijgebouwd en die het loslaten van de marmeren platen hadden veroorzaakt. Vanaf die plek had het iets weg van een gestrand galjoen.

Op de terugweg naar huis, zoals nu, nam hij dan een andere route, en sloeg hij de Via Pace in. Dezelfde afstand, hetzelfde tempo, heen en terug: twaalf minuten.

Niet altijd was het zo geweest.

Jaren daarvoor woonde hij meer naar het zuiden, bij de buitenste ringweg, in een zijstraat van de Viale Liguria. Zaterdags ging hij dan met Claudia en Elisa iets drinken bij het kanaal. Thee en een gebakje namen ze, terwijl ze uitkeken over het langzaam stromende water. Daarna maakte Elisa een rondje langs de boekwinkels en de boetiekjes aan de kade. Dan kwam ze terug met een houten ring, of een halskettinkje, waarna ze met z'n drieën weer op huis aan gingen; een gezin.

En dáárvoor? Thuis bij zijn ouders, twee jaar in Puglia, vijf zware jaren in de regio Marche, en daarna nog tien in Gallarate – dat waren de allerberoerdste geweest, in die stad die als een satelliet boven Milaan hangt. Heen en terug met de auto, anderhalf uur in de file staan, ruzie met Claudia omdat het zo niet door kon gaan. Het leek toen wel of het oneindig lang herfst zou blijven.

Maar dat was allemaal voorbij. Het parket van Milaan, en dus het ressortsparket.

In plaats van de lift te nemen, beklom Doni de trappen. Hij ging zijn woning binnen. Claudia was nog niet thuis, of misschien alweer net de deur uit.

Omdat hij die middag bij de lunch toch al had gezondigd, pakte Doni een fles müller-thurgau uit de koelkast, en ook wat lekkers te eten. Hij stelde een bordje samen met drie plakken Spaanse beenham, twee krulletjes boter, een paar gemarineerde ansjovisfilets, een brok Parmezaanse kaas en wat gevulde pepers. Met bewondering bekeek hij het resultaat.

Uit de keukenkast pakte hij een wijnglas en schonk zich in. Hij nam alles mee naar de huiskamer en drukte op de knop van de stereo. In de cd-speler zat nog de Vijfde van Mahler, en Doni vond dat prima.

Hij zette het bord op de lage glazen tafel, nam een slokje, en liet zijn hoofd tegen de leuning van de bank zakken.

Hij schrok wakker van het dichtslaan van de deur. De deeltjes avond zweefden naar elkaar toe: Mahler was aangekomen bij het 'Rondo', het bord dat voor hem stond was nog helemaal vol, en Claudia was thuis.

'Hé daar,' zei ze achter hem.

'Hallo,' zei Doni voorzichtig.

'Sorry, ik deed de deur wat te hard dicht. Was je naar Mahler aan het luisteren?'

'Wat? Ja. Nou ja, eh...'

'Gewaagde keuze, hoor,' zei ze lachend. Terwijl ze haar jas uitdeed, boog ze zich naar het bord. 'Heb je al gegeten?'

'Nee, nee.' Doni kuchte om zijn keel te schrapen. 'Ik had trek in een voorafje, maar ik geloof dat ik meteen in slaap ben gevallen.'

Claudia liep om de bank heen en kwam naar hem toe. Ze zag er goedgehumeurd uit en in vergelijking met die ochtend leek ze mooier te zijn geworden. Ze pakte een plakje ham en nam een hap.

'Hoe was je dag?' vroeg ze.

'Gewoon.'

'Heb je het nog steeds zo druk?'

'Valt wel mee. Na het proces Santarelli lijkt alles makkelijker.'

'Dat kan ik me voorstellen.' Ze deed haar schoenen uit. 'Míjn hoofd loopt anders behoorlijk om. Ze hebben me een nieuwe secretaresse gegeven, die begrijpt er echt helemaal niks van, ik zweer het. Jaar of dertig, tweeëndertig, geen idee. Maar het is al heel wat als het d'r lukt een fax te versturen.'

Doni zweeg. Hij wist geen antwoord te bedenken.

Zijn vrouw snoof even door haar neus. 'Nou ja,' zei ze. 'Wat zal ik te eten maken?'

'Geen idee. Pasta?'

Claudia trok een gezicht. 'Heb ik bij de lunch al gegeten. We waren in een mooie nieuwe bar, dicht bij het werk. Daar hebben ze zelfgemaakte pasta, lekker hoor.'

'Sla?'

'Nee zeg, geen sla hoor, ik heb honger.'

‘Nou... dan iets anders, maakt niet uit.’

‘Oké, ik bedenk wel wat.’

Ze stond op en ging de slaapkamer in. Het slotdeel van de symfonie klonk een beetje gênant, nu, en Doni vroeg zich af hoe hij in godsnaam in slaap had kunnen vallen met die muziek om zich heen. Hij zette de stereo uit en wreef met zijn handen over zijn gezicht.

Claudia kwam weer binnen, in T-shirt en spijkerbroek. Ze liep meteen door naar de keuken.

‘Ik heb Elisa trouwens gesproken,’ zei ze in het voorbijgaan.

‘O,’ zei Doni.

‘Ze is nog steeds druk in de weer met een verlenging van die studiebeurs. Een heel gedoe.’

Doni zei niets. Geluid van pannen en borden.

‘Ook in Amerika altijd weer gezeur, hè?’ riep Claudia. ‘Je denkt dat het alleen in Italië zo is, maar uiteindelijk is het overal hetzelfde.’

‘Nou ja, tot nu toe hebben ze haar in ieder geval betaald, en goed ook.’

‘Wat?’

‘Ik zeg,’ herhaalde Doni, ‘dat ze haar tot nu toe betaald hebben. Dat is toch zo?’

Geen antwoord. Doni bedacht dat hij al maanden geen telefoontje van zijn dochter had gehad, en dat zijn laatste e-mails onbeantwoord waren gebleven. En Claudia wist dat. Maar toch vond Claudia het geen probleem om te pronken met haar directe privélijntje met Elisa. De vrouwen in huis onder elkaar, zo was het altijd geweest. En hij, die arme Roberto, die arme papa, hij was maar een statische figuur bij al hun vrouwelijke energie, saai en een beetje bekrompen in vergelijking met hun openheid van geest, traag en methodisch in vergelijking met hun flitsende manier van denken – vooral die van Elisa, die nu natuurkunde studeerde aan de Indiana University in Bloomington, in het noordoosten van de VS, terwijl zij steeds maar ouder werden in Italië.

Ach, zoek het ook maar uit met z'n tweeën, dacht Doni. Hij waste zijn handen en liep zijn werkkamer binnen, om even de *Maria Magdalena* te zien.

De *Maria Magdalena* van Georges de La Tour – daarvan hing boven zijn bureau een grote reproductie. Hij adoreerde die kunstenaar. Van schilderkunst had Doni absoluut geen verstand, maar toen hij op een tentoonstelling in het Palazzo Reale een keer werk van De La Tour had gezien, was hij er op slag verliefd op geworden. Hij vond de schilderijen mooi om een zeer elementaire reden, op het idiote af: omdat ze vol stonden met kaarsen. Op de schilderijen van De La Tour leek het licht iets heel kwetsbaars, iets wat om bescherming vroeg.

Met zijn handen op de rugleuning van de bureaustoel bekeek Doni zijn *Maria Magdalena*. Tot twee jaar ervoor had het in hun slaapkamer gehangen, maar op een avond had Claudia terwijl ze haar pyjama aantrok vastgesteld dat het haar niet meer beviel. Ze gaf het schilderij de schuld van de nare dromen die ze in die periode had (vol onrust waren die, een soort nachtmerries) en vroeg Doni het weg te halen.

Hij boog zich naar het glas. De vrouw zat toegekeerd naar een kaars waarvan het licht de hele ruimte een zachte glans gaf. Haar linkerhand ondersteunde haar kin, haar rechter lag op een doodshoofd dat, bijna opgaand in de duisternis, in haar schoot lag, op haar rode rok.

Deze Maria Magdalena had geen direct herkenbare uitdrukking op haar gezicht. Ze staarde naar de vlam, dat was alles. Doni ervoer de bekende huivering: als hij ook maar heel licht tegen het glas zou blazen, wist hij, zou de kaars uitgaan.

Tijdens het eten spraken ze weinig. Claudia had uiteindelijk gekozen voor een paar gezouten makrelen. Ze at snel, dronk de helft van de fles müller-thurgau en ging al voor het fruit van tafel.

'Ik heb knallende hoofdpijn,' zei ze. 'Vind je het erg om even af te ruimen?'

'Natuurlijk niet.'

'Je hoef niet af te wassen, hoor, wat maakt het uit. Maar als je even wilt afruimen, graag.'

'Komt in orde. Neem een pilletje, een Moment of zo.'

'Hebben we die nog?'

'Kijk even in de badkamer.'

'Ik heb ze laatst nog wel gezien, maar volgens mij zijn die over de datum.'

'Kijk even. Desnoods ga ik naar een avondapotheek.'

'Oké.'

'Volgens mij is er een hier dichtbij.'

'Oké, oké.'

Met een hand tegen haar voorhoofd liep Claudia de kamer uit. Doni stapelde de borden op elkaar, zette ze met het bestek erbij in de gootsteen, spoot er een beetje afwasmiddel overheen en liet er wat water op stromen. Toen ging hij voor het open raam staan.

De straat was verlaten, de avondlucht zacht, met een heel lichte geur van aarde erin, alsof iemand Milaan naar het platteland had vervoerd. Het licht van de lantaarns wierp grote vlekken op het wegdek, die precies even ver uit elkaar lagen. Op de stoep was niemand te zien. Een vogel zong een kort riedeltje.

Toen hij in de slaapkamer kwam, bleek Claudia al in bed te liggen en te slapen. Ze lag op haar zij en snurkte heel zacht, haar mond een beetje open. De kieren van het neergelaten rolluik lieten dunne streepjes licht door.

Doni pakte een pyjama en deed de lamp op zijn nachtkastje aan. Claudia mompelde iets en draaide zich om. Op het nachtkastje stond een foto van Elisa. Doni pakte hem op en tikte twee keer op het glas. Hij schudde even met zijn hoofd en liet zijn wijsvinger rond het gezicht van zijn dochter gaan. Toen knipte hij de lamp uit en stapte in bed.

4

Twee dagen later werd er aan de deur van Doni's kamer geklopt. Het was iets na twaalven en heel warm; de temperatuur was weer verder opgelopen.

Het licht dat in de gangen van het Paleis hing was troebel en op de trappen was de stank van sigaretten en mufheid bijna onverdraaglijk geworden. Alles leek nog statischer dan gewoonlijk, er heerste een vorm van stilstand die dicht bij schoonheid kwam, zuivere De Chirico, bijna bovennatuurlijke omstandigheden, die in de zomer hun hoogtepunt zouden bereiken. Dan wandelde Doni door deze hoge, lege gangen als door de lanen van een tweede stad.

'Binnen!' riep hij.

Een blond meisje van ergens in de twintig stapte zijn kamer in. Ze draaide zich meteen weer van hem af om te zien of ze de deur moest dichtdoen, deed dat inderdaad, kwam verder naar voren en bleef toen onbeweeglijk voor hem staan.

Dat was nog zoiets wat de mensen niet wisten, of wat ze in ieder geval niet zouden willen geloven: de gekken. De stamgasten, zoals een collega ze noemde.

In het Paleis kon zo ongeveer iedereen binnenkomen. Natuurlijk, er was controle bij de ingang, maar daar doorheen komen was niet moeilijk. Het was wel vaker gebeurd dat Doni plotseling bezoek kreeg van figuren met grootheidswaanzin, van seniele oudjes, van zwervers die raaskalden over buitenaardse complotten, en zelfs een keer van een klein jongetje dat was verdwaald tijdens een schoolexcursie.

Altijd was er wel iemand in het Paleis die er niet thuishoorde. Iemand wiens aanwezigheid verboden was, en die er toch in was geslaagd diep door te dringen in de buik van het Recht. Niet zozeer een bacterie, als wel een eencellig wezen uit een andere wereld, een onschadelijk maar clandestien element.

Altijd was er wel iemand die aan de deur van een magistraat kwam kloppen om te zeggen wat hij op zijn lever had. Hij stelde vragen, oreerde, kletste, wat dan ook. Hoe was dat toch mogelijk? Doni begreep er niets van. Maar misschien was dit ook wel een onderdeel van de logica van het Paleis: een gebied waar de regels onduidelijk waren, het tegengestelde van hoe het zou moeten zijn. Scheuren en bouten, altijd en overal.

Het meisje keek hem aan met een strak gezicht.

'Bent u meneer Doni?' vroeg ze.

'Ja. Wie bent ú?'

'Elena Vicenzi, journaliste. Ik heb u twee dagen geleden een e-mail gestuurd over de zaak-Ghezal.'

Doni kneep even zijn ogen samen en herinnerde het zich toen weer. Ze leek niet erg op de foto die hij op internet had gevonden. Dit meisje zag er jonger uit, en ze had kort haar. Hij nam zich voor op zijn hoede te blijven en knikte alleen maar.

'U heeft niet geantwoord,' zei het meisje.

'Nee,' zei Doni. En toen, met strengere stem: 'Ik heb u niet geantwoord. Mag ik uw kaart zien?'

'Pardon?'

'Uw perskaart, alstublieft. Hoe bent u hier binnengekomen?'

Ze keek hem verbaasd aan, maar begon te woelen in haar witte boodschappentas en haalde er een identiteitspasje uit dat ze Doni aanreikte. 'Ik schrijf voor bladen,' zei ze. 'Zoals ik u heb geschreven, ben ik freelancer.'

Doni wierp een blik op het pasje. 'En hoe bent u hier binnengekomen?' vroeg hij nog eens.

'Nou... Ik heb bij de receptie naar u gevraagd en toen hebben ze me de weg gewezen. Dat was alles.'

'Dat was alles.'

'Ja, eigenlijk was het allemaal erg makkelijk. Dat had ik niet verwacht.'

'Vertelt u míj wat.'

Allebei zwegen ze even. Doni keek op en zag nu dat ze een bloemetjesjurk droeg, een beetje jaren zestig, nogal misplaatst in deze situatie. Ze was heel mager.

'Hoe dan ook,' ging zij verder, 'ik ben meteen maar gekomen, juist omdat u me niet heeft geantwoord, en de tijd dringt. Ik wil alleen maar even met u praten over Khaled Ghezal.'

Doni schudde zijn hoofd. 'Geen sprake van.'

Ze kwam een stap naar voren. 'Meneer, ik weet wat u bedoelt. U zult wel denken dat ik gek ben, of dat ik u wil interviewen. Maar dat is het allemaal niet.'

'Wat u doet is geheel en al...'

'Dat wéét ik wel,' zei ze met nadruk. 'Ik weet het, ik weet het, ik vraag u alleen vriendelijk om even naar me te luisteren. Ik ben niet bekend met dit soort dingen, en dit is voor mij echt de eerste keer, begrijpt u. Iemand van de rechterlijke macht, een officier van justitie aanschrijven, en dan zomaar naar binnen stappen... Nou ja, dat is helemaal niet de gewone manier van doen, dat zie je niet iedere dag, lijkt me.' Ze glimlachte. Even leek ze van haar stuk gebracht, maar ze hernam zich meteen. 'Zoals ik u al in dat mailtje heb verteld, is Khaled dus onschuldig. Hij heeft niet geschoten. Hij was niet eens aanwezig toen het gebeurde. Het is een goeie jongen, hij heeft nooit iets verkeerds gedaan, nooit van z'n leven een pistool vastgehouden. Er zijn mensen die dat kunnen bevestigen. Ik ken verschillende personen die dat weten, en die ook weten waar hij was die avond, waar hij zich bevond en wat hij deed. Ik begrijp dat het ongeloofwaardig klinkt, na alle ophef die er daarna is gevolgd, maar het is de waarheid. U moet me geloven.'

Doni wachtte even, en zei toen op sarcastische toon: 'Natuurlijk geloof ik u. U heeft al die bewijzen, dus hoeft u ze alleen maar even door te geven aan de advocaat van Ghezal, dan kan hij ze aanvoeren bij het hoger beroep.' Hij glimlachte. 'Mocht u het nog niet begrepen hebben: ik vertegenwoordig hier de tegenpartij.'

'Ja.'

'Ik heb óók beroep aangetekend. Ik was degene die vond dat de verzachtende omstandigheden die zijn toegekend bij het vonnis in eerste aanleg, zwakker waren dan de verzwarende. Bent u hiervan op de hoogte?'

Ze keken elkaar indringend aan.

'Ja, ja, dat weet ik.'

'En dus?'

Ze schudde haar hoofd, een hand bij haar hals. Toen sloeg ze haar ogen neer. 'Ik heb geen vertrouwen in meester Caterini.'

'Hoe bedoelt u?'

'Advocaat Caterini, die voor Khaled de verdediging voert. Ik heb geen vertrouwen in hem.'

'Waarom niet?'

'Omdat... Nou ja, omdat ik al eens bij hem ben geweest. En heb gezien dat het een idioot is. Sorry hoor, maar volgens mij is die man niet eens in staat een vraag te onderscheiden van een mededeling. Na tien minuten stuurde hij me al weg. Hij zei dat hij al meer dan genoeg argumenten had om een lagere straf te verkrijgen, en dat hoe dan ook alle mogelijke wegen al waren nagegaan, dat er geen reden was er nog meer mensen bij te betrekken, de zaak was al ernstig genoeg, we moesten proberen de schade zoveel mogelijk te beperken, het was natuurlijk wel een drama allemaal, maar tot hier en niet verder.'

Doni kon een glimlachje niet onderdrukken. Dat kwam precies overeen met het beeld dat hij had van die advocaat, van het beeld dat misschien wel iedereen van hem had. Enrico Caterini, zoon van een oude activist van de Communistische Partij, een overdaad aan spraakwater, weinig vakkennis.

'En ook vond ik dat hij, hoe zal ik het zeggen, alles veel te veel door een ideologische bril bekijkt. Alsof Khaled een zielenpoot was die per ongeluk of door schulden in een situatie was terechtgekomen waartegen hij en al die andere stumpers van migranten niet zijn opgewassen.'

Doni's glimlach werd breder. Dit was nog beter. Het meisje liet zich niet in de luren leggen door linkse advocaten.

'Maar Khaled heeft geen belang bij een bevestiging van zijn straf. Khaled is onschuldig, begrijpt u? En dus kan ik mijn vertrouwen alleen maar in u stellen, hoe gek dat ook mag klinken.' Ze wachtte even, maar Doni zei niets. Ze krabde nerveus aan haar wang en vervolgde: 'En daar komt nog bij... Geen van die getuigen wil zich in een rechtszaal vertonen. Allemaal zijn ze bang om hun verblijfsvergunning kwijt te raken, of voor represailles.'

'Als ik het niet dacht.'

Doni stond op van zijn stoel en liep om zijn bureau heen. 'Luistert u eens,' zei hij. Opnieuw had zijn stem een andere toon gekregen. 'Ik waardeer uw, laten we zeggen, burgerzin, en uw betrokkenheid bij een ingewikkelde zaak, maar we hebben hier te maken met procedures. En dit gesprek van ons gaat in tegen alle regels. Ik ben niet bereid het verder voort te zetten.'

'Waarom niet?' vroeg het meisje.

'Dat leg ik u net uit.'

'Maar ik vertel u de waarheid.'

'Dat is niet van belang.'

'Niet van belang? En wat is er dan wel van belang?'

Doni zuchtte. Waar was hij in vredesnaam in terechtgekomen? 'De rechtspraak is een complexe machine,' zei hij, 'die werkt volgens heel precieze mechanismen. En die mechanismen kunnen niet zomaar aan de kant worden geschoven. Natuurlijk is de waarheid het enige wat telt, maar die waarheid moet wel het hele traject afleggen dat de wet voorschrijft. Het is jammer, het is niet prettig, maar zo is het. Het alternatief is namelijk chaos. En nu moet ik u toch echt verzoeken om...'

'Dus als iemand onschuldig is, wordt hij als schuldig beschouwd alleen maar omdat er niemand is die het kan opbrengen zijn hachje voor hem te wagen? Want dáár hebben we het over, meneer Doni. Als die getuigen van mij een rechtszaal binnengaan, is het afgelopen met ze, op welke manier dan ook. Misschien blijkt dat ze geen verblijfsvergunning hebben, en dan moeten ze weg, of de ware schuldige weet ze te vinden, en dan worden ze vermoord. Maar wie kan dat een moer schelen? Het zijn toch allemaal maar kutallochtonen?'

Doni's mond viel open. 'Hoe durft u? Zo is het absoluut niet!'

'In feite wel, nou en of. Als iemand niet in staat is te getuigen omdat zijn leven in gevaar is, zou de wet hem garanties moeten bieden.'

'Dat doet de wet ook.'

'Alleen theoretisch, meneer Doni, laten we elkaar niet voor de gek houden. In de praktijk is niemand bereid zich in te zetten voor bescherming of steun aan illegalen. Of heb ik het verkeerd?'

'Ik zou wel eens willen weten waar u naartoe wilt.'

'Naar mijn beginpunt. U moet naar deze mensen luisteren. En ik zweer u dat ik hier niet wegga tot u me laat wegslepen door de politie, want dit is iets wat groter is dan u en ik. Ik meen het.'

Doni begreep dat het hem niet zou lukken haar snel kwijt te raken. Natuurlijk zou hij de politie hebben moeten bellen, maar daar voelde hij niets voor. Alles stond hem tegen, en zeker het idee moeilijk te gaan doen voor een binnendringer die er helemaal niet zou horen te zijn, die allang onderschept had moeten worden.

En omdat de dag zich toch al zo monotoon en vermoeiend voor hem uitstrekte, en het temperament van het meisje hem niet tegenstond, besloot Doni een andere tactiek te kiezen, de enige waar hij bekend om was: luisteren. Met geduld, betrokkenheid, warme belangstelling. Alles aanhoren, van het begin tot het eind.

Met criminelen werkte het in ieder geval. Er is geen misdadiger die zich uiteindelijk niet begrepen wil voelen. Als jongen dacht Doni dat dit de reden was dat slechteriken in stripverhalen altijd van die lange monologen hielden waarin ze uitleg gaven over hun motief en de rest van het geval. Allemaal willen we begrepen worden, dacht Doni, omdat we allemaal moederziel alleen zijn. En als ik me zo voel, waarom dan een dealer of een maffioso niet?

Deze theorie droeg eigenlijk te veel menselijkheid in zich – en in de jaren daarna zou Doni zich dat snel gaan realiseren. Maar over het algemeen had hij altijd gewerkt.

Dus spreidde hij zijn armen en zei: ‘Luister. Normaal gesproken zou ik de bewaking hebben gevraagd u eruit te schoppen, want als er iets is waarin ik geloof, is het wel de noodzaak je werk voor de publieke zaak te kunnen doen in alle rust. Maar het is nu eenmaal zo’n beetje lunchtijd. Wat zegt u ervan als we hier ergens in de buurt samen even een broodje gaan eten? Ik heb heel weinig tijd, maar ik zie dat dit allemaal behoorlijk op u drukt, dus zal ik me voor één keer niet aan de regels houden.’

‘Echt waar?’ zei de journaliste.

‘Ja.’

‘Dank u wel! Dank u, u weet niet hoe belangrijk dit is.’

‘Een halfuur, niet langer. En ik houd het bij luisteren alleen.’

‘Natuurlijk.’

Doni knikte. Hij keerde zich om voor zijn jas, maar besloot hem op zijn kamer te laten.

Gezamenlijk liepen de officier van justitie en de journaliste door de gangen van het Paleis.

5

De zaak-Ghezal, zoals de journaliste die had genoemd, was een proces in hoger beroep dat over twintig dagen moest plaatsvinden. Er was niets vreemds aan, niets anders dan Doni tijdens zijn carrière van bijna veertig jaar zo vaak had meegemaakt. Het kwaad was banaal noch origineel, had hij ooit eens bedacht, het was gewoon altijd hetzelfde liedje: mensen die iets willen wat ze niet kunnen krijgen.

In het klein waren het agressieve mannen die hun vrouwen van vreemdgaan verdachten en ze dan tot bloedens toe slaag gaven. In het groot waren het gigantische criminele organisaties die geen detail oversloegen, geen grammetje macht lieten schieten om zich te laten gelden, om overal hun zwaard in te planten. Maar volgens Doni waren het graduele, geen wezenlijke verschillen; het kwaad was het kwaad, altijd hetzelfde.

In dit licht bezien had de zaak-Ghezal alleen iets schokkends voor wie aan dit soort gevallen niet zo gewend was als hij en zijn collega's. Wat zeker niet betekende dat die zaak op zich niet schokkend wás, of geen ethische dilemma's kende. Maar hij maakte gewoon deel uit van een andere dimensie, een dimensie die een eindeloze tunnel van wandaden was, waarboven het gewone bestaan zich kon voltrekken: de prijs die we moesten betalen voor elk rustig moment. Het was een bitter stemmend beeld, maar Doni had al lang geleden ingezien dat de wereld draaiende werd gehouden door egoïsme.

En iedere keer dat hij in de juridische stukken dook, was het of ook zijn hoofd bondig en zakelijk ging denken. Dat soort feiten kon geen franje gebruiken, omdat het kwaad zelf geen franje kon gebruiken. Het kwaad sprak de meest begrijpelijke taal, de eenvoudigste en meest universele. Daarom ook, bedacht hij, werd van die feiten altijd in de tegenwoordige tijd verslag gedaan: ze houden namelijk nooit op te bestaan.

En ook deze keer gebruikte hij in zijn hoofd de tegenwoordige tijd.

Op 9 oktober, tegen halfnegen 's avonds, mishandelen drie allochtonen een Italiaan en zijn vriendin in de Via Esterle, een zijstraat van de Via Padova.

De Italiaan heet Antonio dell'Acqua, achtentwintig jaar, geen strafblad, werkzaam bij een telefoonwinkel in Cinisello Balsamo. Het meisje komt uit een welgesteld milieu, drieentwintig jaar, studente aan de IULM-universiteit, woonachtig op het Piazza Cavour. Haar naam is Elisabetta Medda, dochter van Giancarlo Medda, ondernemer.

Antonio rookt regelmatig hasj en af en toe koopt hij, van een paar Tunesiërs in de Viale Monza, een paar gram extra voor vrienden. Hij heeft verklaard dat hij ergens half september een keer veel meer heeft gekocht dan gebruikelijk. Naar zijn zeggen deed hij dat met het oog op een groot feest in Cinisello, maar zelfs dan was het nog erg veel. Hij was ervan overtuigd dat hij het overblijvende deel makkelijk en snel zou kunnen doorverkopen. (Of misschien dacht hij eraan een kleine klantenkring voor zichzelf op te zetten.)

Maar dat feest wordt afgeblazen, kopers vindt hij niet, en Antonio blijft zitten met twee ons hasj. Eén ons heeft hij al betaald met zijn spaargeld, en het andere moet hij binnen tien dagen afgerekend hebben: duizend euro. Waar haalt hij die vandaan? Zijn moeder leeft van een uitkering en zijn vrienden hebben hem al meer dan genoeg geld geleend.

Hij besluit zich stil te houden en zich op de dag van betaling niet te vertonen. Ook al had hij zijn mobiele nummer aan de dealer gegeven, hij wordt niet gebeld, en alles lijkt met een sisser af te lopen. Hij neemt zich voor over een maandje nog wel eens te kijken of er iets te regelen is.

Op die bewuste 9 oktober gaan Antonio en Elisabetta op weg naar een pizzeria in de Via Palmanova, waarvan de eigenaar een vriend van Antonio is. Ze parkeren in de Via Esterle, waar het vrij donker is. Nadat ze een klein stukje hebben gelopen, komen er drie Noord-Afrikanen op hen af. Ze grijpen Antonio van achteren vast en beginnen hem af te tuigen. Elisabetta zet het op een gillen, waarop een van de drie haar een klap geeft en haar bestookt met dreigementen. Ze stopt met schreeuwen. Naar het schijnt is niemand getuige van het gebeuren, er is daar niemand op straat, en ook vanuit een raam heeft niemand iets gezien.

Als Antonio op de grond ligt, trekt een van de drie een pistool, zet het tegen Antonio's slaap en zegt: 'Volgende keer ben je dood, oké? Betalen dus. Nu nemen we dit vast mee.' Ze pakken hem zijn portemonnee en mobieltje af. De anderen doen hetzelfde bij Elisabetta, die zich niet verzet.

Op dat moment springt Antonio overeind en begint de held uit te hangen – een scenario dat Doni beter kende dan hem lief was. Hij bespringt de gewapende Noord-Afrikaan en geeft hem een stomp tegen zijn ribben. Er volgt een korte worsteling, de twee rollen naar Elisabetta toe, de Noord-Afrikaan brult iets in het Arabisch, en er weerklinken twee schoten.

Het eerste raakt niets.

Het tweede raakt Elisabetta.

Antonio rent naar een bar en belt de politie, terwijl de Noord-Afrikanen ervandoor gaan. Elisabetta wordt naar een ziekenhuis gebracht en met spoed geopereerd. De kogel is in haar ruggengraat terechtgekomen. Ze heeft het overleefd, maar zal verlamd blijven.

Aanvankelijk wil Antonio doen geloven dat het gewoon maar een beroving is geweest, maar de situatie is te gecompliceerd. Uiteindelijk bekent hij, en Elisabetta bevestigt zijn versie. De kogel die uit haar lichaam wordt gehaald, is een 7.65, en in de Via Esterle vindt de politie er nog precies zo een.

Tijdens het afleggen van zijn verklaring noemt Antonio de naam van Khaled Ghezal, en zegt hij dat hij er zeker van is hem die avond te hebben gezien als een van de drie belagers. Ook vertelt hij dat hij die middag een telefoontje van Khaled had gekregen, die – zonder verdere bedreigingen, maar wel op veelbetekenende toon – zei: 'Tot heel gauw.'

Khaled is een Tunesische bouwvakker van vijfentwintig jaar, met een verblijfsvergunning. Samen met zijn zus woont hij in de buurt van de Via Padova en hij heeft geen strafblad. Hij komt in dezelfde kringen als Antonio, die hij kent omdat hij op een bouwplaats heeft gewerkt waar ook een neef van Antonio werkt. Hij heeft wel eens een jointje met Antonio gerookt en hem wel eens geholpen om aan hasj te komen, maar hij is geen dealer.

Volgens de verklaring van Antonio is Khaled een rustige jongen. Hij vermoedt dat Khaled voor deze klus was ingehuurd omdat hij bij iemand in het krijt stond, maar wie zal zeggen hoe het allemaal precies werkt tussen die allochtonen. Hoe dan ook, hij is er zeker van dat hij Khaled heeft gezien tussen de overvallers.

De politie weet de lijst met gevoerde gesprekken te achterhalen van Antonio's geroofde telefoon, en zoekt uit wat het nummer van Khaled is. Zo blijkt dat het bewuste telefoontje inderdaad heeft plaatsgevonden.

Het is niet moeilijk de Tunesiër op te sporen. Een foto van hem wordt tussen foto's van vele anderen in een album geplakt en zo aan Elisabetta getoond, die nog in het ziekenhuis ligt; ook zij herkent hem. Ze zegt dat niet hij het was die het pistool heeft getrokken en de twee schoten heeft gelost, maar dat hij zeker een van de drie is. Hij was het geweest die het mobieltje en geld uit haar tas had gepikt en haar een duw had gegeven. Uit zíjn greep had ze zich losgerukt om bij Antonio te komen, waarna ze die kogel in haar rug had gekregen.

Nu wordt Khaled op zijn werk, een bouwplaats in Cormano, door de politie aangehouden. De rechter van het vooronderzoek bekrachtigt de arrestatie en plaatst Khaled in hechtenis. De jongen lijkt ten einde raad en heeft geen geld voor zijn verdediging.

Er wordt hem een advocaat toegewezen door de autoriteiten. Tijdens de rechtszaak geeft hij toe Antonio dell'Acqua te kennen en wel eens een joint met hem te hebben gerookt, maar dat is dan ook alles. Hij ontkent op de bewuste plaats te zijn geweest, hij ontkent zijn vermeende medeplichtigen te kennen, en hij ontkent met grote stelligheid de jongen en het meisje te hebben belaagd. Hij heeft geen afdoend alibi voor die avond – hij was met vrienden, zegt hij slechts, maar geen van die vrienden is bereid dit te bevestigen. Ze houden zich zelfs allemaal schuil.

Bij het proces wordt Khaled beroving, poging tot moord en medeplichtigheid aan het toebrengen van zwaar lichamelijk letsel ten laste gelegd.

De advocaat van Khaled – Enrico Caterini, een linkse militant – gooit de zaak over een politieke boeg. Hij beweert dat hier een fatsoenlijke arbeider onrechtvaardig hard wordt aangepakt alleen maar omdat hij een buitenlander is.

De rechter is Michele Franzulla, dik, kaal, een harde werker. Zo'n man die in de wieg gelegd is om zijn leven lang in de juridische stukken te zitten. Het vonnis, dat heel technisch is maar ook nuchter, gaat voorbij aan de argumenten van Caterini.

Khaled Ghezal wordt schuldig verklaard aan beroving,

medeplichtigheid aan het dragen van een wapen in de openbare ruimte en poging tot afpersing. Hij wordt vrijgesproken van poging tot moord, illegaal wapenbezit, en de verzwarende omstandigheid van de geschokte rechtsorde wordt niet toegekend. Caterini brengt – slecht beargumenteerd – naar voren dat de twee geloste schoten een niet te voorziene consequentie van de overval zijn geweest.

De rechter staat verder toe dat de jeugdige leeftijd, het ontbreken van een strafblad en de geheel legale status van Khaleds aanwezigheid in Italië worden meegewogen als algemene verzachtende omstandigheden.

Zes jaar gevangenisstraf, waarvan twee voorwaardelijk.

De advocaat van het belaagde stel, dat zich als benadeelde partij in het proces heeft gevoegd, gaat in hoger beroep. Hij stelt dat het vonnis ridicuul is en een bewijs van de regel 'Weinig bewijs, weinig straf', die iedereen zou moeten loslaten zodra hij een rechtszaal betreedt.

De ouders van Elisabetta, die zich ook als benadeelde partij in het proces hebben gevoegd, verzoeken tot hoger beroep door het Openbaar Ministerie. Ze plaatsen een lange ingezonden brief in de *Corriere della Sera*, die van de zaak een veelbesproken kwestie maakt.

Ook de advocaat van Khaled wil in hoger beroep, met als doel vrijspraak of strafvermindering.

Milaan is in rep en roer. De rechtse kranten zien het gebeuren als kenmerkend voor de linkse rechterlijke macht, die alles maar toelaat en incompetent is. Er volgen vele al dan niet oprechte analyses van insiders uit het vak, commentaren van opinieleiders, talkshows met allerlei meningen op lokale zenders.

Het Openbaar Ministerie gaat in hoger beroep, net als de betrokken officier van justitie, met vooral technische argumenten. Er wordt verzocht om veroordeling voor alle ten laste gelegde feiten.

Dat is het hele verhaal.

En in dit alles had Doni maar twee echte zekerheden: dat hijzelf die officier van justitie was, en dat zijn kansen op succes uitstekend waren.

Meer was er niet.

6

Eerst dacht hij eraan naar de in een oud klooster gevestigde Società Umanitaria te gaan, direct achter het Paleis. Daar zat je koel en in een prachtige ruimte, en hij was er al maanden niet geweest. Maar uiteindelijk koos hij voor een studentenbar, voorbij de Sormani-bibliotheek: ver genoeg om bekenden tegen te komen die praatjes de wereld in zouden helpen over die jongedame. Niet dat het hem echt veel kon schelen, maar praatjes weer de wereld úít helpen kost tijd, en tijd was hij al meer dan genoeg aan het verspillen.

Ze gingen zitten aan een tafeltje dicht bij de deur. Elena bestelde een hamburger en een Coca-Cola, Doni een broodje kaas en een flesje mineraalwater zonder prik.

'Ik wilde u iets vragen,' zei hij tegen het meisje. 'Van wie heeft u mijn e-mailadres gekregen?'

'O, dat. Ik ben intussen een expert geworden in het kraken van adressen. Je moet gewoon een paar combinaties uitproberen: voornaam achternaam, voornaam punt achternaam, voorletters punt achternaam enzovoort. Als het verkeerd is, komt de e-mail weer terug. Maar ik ben ook te rade gegaan bij een vriend die werkt in de rechtbankjournalistiek.'

Vragend haalde Doni zijn wenkbrauwen op.

'Het is een oude truc,' zei Elena. 'We doen het allemaal. Je moet toch op de een of andere manier aan je contacten komen? Als ik een stuk in een tijdschrift geplaatst wil hebben, wat doe ik dan? Stuur ik het dan naar e-mailadres info@zusenzo? Nee, dan kraak ik het adres van de hoofdredacteur.'

'Ik had gedacht dat jullie wel allerlei databases zouden hebben.'

'Databases,' lachte ze. 'Nou en of. Ik ben eenendertig jaar en freelancer, meneer Doni. Om rond te komen werk ik parttime in de Mondadori-boekwinkel in Lambrate. Het is al heel wat als het me lukt een paar artikelen gepubliceerd te krijgen, dus databases, nou nee.'

Doni overdacht wat hij zojuist gehoord had. Op zíjn eenendertigste was hij al kantonrechter.

Het meisje van de bediening bracht de broodjes. Doni draaide zijn flesje water open en schonk wat in zijn nogal gehavende glas. 'Even weer ter zake. U wilt dat ik een aantal personen aanhoor die de onschuld van Ghezal kunnen aantonen – zo is het toch?'

'Precies.'

'Legt u dat eens uit.'

'Meteen nadat het gebeurd was, moest ik er een stuk over schrijven voor een gratis krant waaraan ik meewerk. Een halve pagina, gewoon een verslag. Maar toen ik wat rond ging vragen in de Via Padova, bleek dat eigenlijk niemand het officiële verhaal geloofde. In zo'n buurt kennen de mensen elkaar door en door na een tijdje, en als de een gaat praten, doet de ander dat ook. Ik heb gesproken met de slager waar Khaled vlees kocht, met het personeel van de bar waar hij zijn vrienden ontmoette, met de man van de winkel waar hij zijn sigaretten kocht. Niemand geloofde het. Ondenkbaar dat Khaled iemand zou aanvallen.' Ze viel even stil en nam een hap van haar hamburger. 'Tot hier eigenlijk niks bijzonders, hè? Het kan gebeuren dat iemand die je met geen mogelijkheid van iets zou kunnen verdenken, tóch...'

'Ja,' zei Doni, 'dat kan gebeuren.'

'Maar het komt niet zo vaak voor als je in de film ziet.'

'Nee, zo vaak niet.'

‘Hebt u *De man die de treinen voorbij zag gaan* gelezen?’

‘Nee.’

‘Dat is een boek van Simenon. Het gaat over een arbeider in Nederland, een doodgewone huisvader met een vaste baan, die op een nacht door het lint gaat en een moordenaar wordt. Hij vlucht naar Parijs, doodt per ongeluk een prostituee, duikt onder, komt tussen de criminelen terecht enzovoort. In dat soort dingen geloof ik niet zo erg. En dus ook niet dat Khaled zomaar tot moord en doodslag zou kunnen komen.’

Doni zei niets. Hij at zijn broodje.

‘Het makkelijkst zou nu zijn,’ ging ze verder, ‘om te veronderstellen dat hij bedreigd werd en dus gedwongen was te doen wat hij heeft gedaan. Khaled mag dan op iedereen overkomen als een heel fatsoenlijke jongen, het zegt eigenlijk helemaal niks. Waar of niet?’

‘Waar.’

Elena haalde uit haar tas een notitieboekje en begon erin te bladeren.

‘Dus ben ik er nog wat dieper in gedoken. Door informatie uit verschillende bronnen te vergelijken heb ik, voor zover mogelijk, een reconstructie gemaakt van zijn manier van leven en zijn dagelijkse bezigheden.’ Ze nam weer een hap van haar hamburger en terwijl ze kauwde las ze hardop: ‘Khaled woont nu zes jaar in Milaan. Hij heeft een verblijfsvergunning en werkte in de bouw. Zijn baas heeft me verzekerd dat hij nooit problemen met hem heeft gehad, dat het een harde werker was. Hij woonde samen met zijn zus, die op dit moment werkloos is, en met wie ik al enige tijd contact heb.’ Ze keek even op. ‘Niet dat we nou echt vriendinnen zijn geworden, maar ik probeer haar een beetje te helpen, en af en toe eten we samen iets. We wonen dicht bij elkaar. Hoe dan ook, ’s avonds ging Khaled uit met allerlei mensen. Toen hij nog maar kort in Italië was, heeft hij zonder twijfel ook wel eens contact gehad met dealers, of zelf wat hasj gedeald, maar hij heeft nooit in een of ander crimineel netwerk gezeten. Hij kwam vaak in zo'n hal met flipperkasten dicht bij zijn huis en drie keer per week ging hij met zijn zus eten in een kebabtent van vrienden. Dat soort dingen.'

Ze sloeg het boekje dicht. Doni realiseerde zich dat hij haar verhaal niet goed had gevolgd.

'Goed. Wie zijn de mensen die ik volgens u zou moeten aanhoren?' vroeg hij.

'In de eerste plaats zijn zus en twee van zijn collega's.'

'En wat zouden die me voor bijzonders kunnen vertellen?'

'Om te beginnen zouden ze u hem en zijn wereld beter kunnen doen begrijpen.'

Doni schoof zijn bord een stukje van zich af en zuchtte.

'Dat is allemaal niet zo belangrijk. We beoordelen de feiten. De mensen en hun leefsituatie doen er alleen toe voor de aard van de straf.'

'Dat weet ik. Maar u kunt niet uitsluiten dat er iets naar voren komt wat van belang is voor die beoordeling.'

'Het is niet mijn taak om op zoek te gaan naar dat soort dingen, mevrouw. Ik heb u al gezegd dat ik hier de tegenpartij ben.'

Ze zuchtte. 'Er is nog iemand van wie ik hoop dat hij met u kan praten. Dat is een vriend van Khaled die op die avond met hem samen was.'

Doni stond op het punt iets te zeggen, maar deed zijn mond weer dicht en knikte alleen maar.

'Ik veronderstel dat de bevestiging van het feit dat Khaled op een bepaalde plaats was, met bepaalde personen, en niet in de Via Esterle, een zekere betekenis kan hebben.'

'Zonder twijfel. Maar...'

'Ja, natuurlijk,' was ze hem voor, 'niet zonder een formele verklaring als bewijsstuk. Maar dat is nou juist het punt. Laten we het erop houden dat ik u vriendelijk verzoek om u informeel op te stellen in naam van de ware gerechtigheid.'

Doni vertrok zijn gezicht. 'Ware gerechtigheid en namaak-gerechtigheid, dat is onzin,' zei hij.

'De ware gerechtigheid is die waarin een onschuldige niet kan worden veroordeeld alleen maar omdat bepaalde radertjes niet goed draaien.'

'Volgens mij bent u er al van overtuigd dat Khaled onschuldig is.'

'Dat is ook zo.'

'En denkt u niet dat u daar een beetje te sterk overtuigd van bent?'

'Nee, dat denk ik niet.' Ze legde haar handen op de tafel. 'En als u alle ins en outs zou kennen, zou u dat ook niet denken.'

Ze waren allebei klaar met eten en het meisje was langsgekomen om af te ruimen. Doni bestelde een espresso, maar Elena schudde haar hoofd en maakte een afwerend gebaar: ze had er al een gedronken en twee op een dag was te veel voor haar.

Ze zwegen een poos. Om hen heen bleek het druk geworden, alsof ze plotseling in een andere bar zaten dan eerder. Drie meisjes namen foto's van elkaar met hun mobieltjes. Een paar kantoormensen maakten zich druk om de laatste wedstrijd van AC Milan.

Het meisje zette een kopje neer op hun tafeltje.

'Waar ik nou nieuwsgierig naar ben...' zei Doni. 'Waarom interesseert deze zaak u eigenlijk zozeer?'

Ze haalde haar schouders op.

'Wat zal ik u zeggen... Soms pakt een verhaal je gewoon.'

'Is dat alles?'

'Dat is alles,' zei ze kortaf. 'Maar ik ben óók nieuwsgierig naar iets... Als je niet de absolute zekerheid hebt dat iemand schuldig is, hoe kan je hem dan toch straf opleggen?'

Normaal gesproken zou Doni bij een dergelijke vraag zijn opgestaan en weggelopen. Maar tot zijn eigen verbazing probeerde hij nu een concreet en afdoend antwoord te formuleren.

'Absolute zekerheid heeft alleen God, voor het geval u daarin gelooft. Wij zijn mensen, en we werken als mensen. Volgens mij heeft u een nogal verwrongen beeld van hoe de rechtspraak functioneert.' Doni schudde zijn zakje suiker en scheurde het open. 'Een proces heeft niet tot doel de schuldigen te straffen, maar vooral om te bepalen wie dat zijn. En we hebben drie niveaus van rechtspraak, juist omdat het een heikel en ingewikkeld traject is en we allemaal feilbare wezens zijn. Gelooft u me, niemand in het Paleis wil dat Khaled Ghezal, als hij onschuldig is, toch wordt veroordeeld. Dat kan ik u garanderen. Ik heb uit zuiver technische overwegingen beroep aangetekend, en het idee dat we iemand tot zondebok willen bestempelen voor het arme meisje dat in een rolstoel is terechtgekomen... Nou ja, daar mag de publieke opinie zich over opwinden, wij van de rechterlijke macht doen dat beslist niet.'

Ze leek er even over na te denken. Toen zei ze: 'Ik begrijp het. Maar waar zit het onderscheid tussen uw werk en uw geweten?'

'Mijn geweten? Wat heeft mijn geweten ermee te maken? Ik heb u uitgelegd dat wij ons baseren op feiten.'

'Dat weet ik, maar toch. Kijk, u doet uw werk als officier van justitie. U heeft te maken met de wet en het recht; laten we voor het gemak even net doen of dat synoniemen zijn. Tot hier geen enkel probleem, u werkt, en als u klaar bent met werken gaat u naar huis, net als iedereen. Maar... dan kunt u niet zomaar uit uw beroep stappen. Een beetje zoals ik dat ook niet kan, meneer Doni. Ik geloof dat de factor geweten altijd meespeelt, zodat we ons er niet van kunnen afmaken door te zeggen dat de dingen nou eenmaal op een bepaalde manier lopen. We houden niet op – zo denk ik er in ieder geval over – officier van justitie of journalist te zijn als we onze pyjama aantrekken. En dat is omdat zowel u als ik op zoek zijn naar de waarheid. Zo is het toch?'

Doni krabde aan zijn wang, schudde toen twee keer zijn hoofd en glimlachte.

'U bent heel slim,' zei hij, 'en wat u zegt is mooi en diepgravend; dat maak je tegenwoordig niet iedere dag mee. Maar al met al is wat u zegt veel te idealistisch: als we ieder mogelijk zijpad van elke zaak in overweging moesten nemen, zouden we honderd jaar over een proces doen. En er wordt al zoveel geklaagd dat de processen te lang duren,' zei hij lachend. Maar Elena lachte niet mee.

Als op afspraak stonden ze een moment later tegelijk op, zonder nog iets toe te voegen. Doni betaalde de rekening – de journaliste wilde hem de lunch aanbieden, maar dat wees hij galant af.

Buiten was het wat minder warm geworden en de straat was vol kantoormensen en studenten die in hun pauze nog even het zonnetje in wilden.

Doni bleef staan om te wachten tot zij zou weglopen, want het leek vanzelf te spreken dat ze niet nog een stukje met hem zou meewandelen. De journaliste begreep het, schudde hem de hand en bedankte voor het gesprek.

'Ik zal u mijn telefoonnummer geven,' zei ze ten slotte. Ze haalde haar portefeuille tevoorschijn en trok er een rood vierkant visitekaartje uit. Doni had er nog nooit zo een gezien. 'Alstublieft. Mocht u er nog op terug willen komen.'

Doni bewoog het vierkantje tussen zijn vingers heen en weer. Er stond alleen *Elena Vicenzi – freelance journalist*. Iets daaronder e-mailadres en telefoonnummer.

'Goed,' zuchtte hij.

'Oké,' zei ze, 'nu laat ik u gaan. Dit was echt heel aardig van u.'

'Graag gedaan.'

'Mag ik hopen dat u me nog belt?'

Doni haalde zijn schouders op en glimlachte. Ze glimlachte terug en liep toen weg in de richting van de universiteit.

Na een paar minuten was ze niets meer dan een van de vele figuurtjes in de drukte van de Via Larga.

In een poging de woorden van het meisje uit zijn hoofd te zetten, bracht Doni de rest van de middag door met heel intensief werken. Pas tegen zessen stond hij op voor een kop koffie uit de automaat. In de gang hing een onaangename lucht. Een collega met hoge nood vroeg Doni de sleutel van de wc te leen, maar Doni had die niet bij zich. In het Paleis waren maar heel weinig wc-ruimtes (van sommige waren kantoren gemaakt) en die werden allemaal op slot gedaan. Beschikken over een fatsoenlijke wc – zoals Doni deed – werd gezien als een groot privilege en een duidelijk teken van macht.

Toen hij naar buiten stapte was het al donker. De lucht was inmiddels bewolkt geraakt. Op een derde van de Via Pace begon de wind hard te zwiepen met de takken van de bomen. Na nog een stukje lopen vielen de eerste druppels. Twee voorbijgangers aan de overkant van de straat renden weg in tegenovergestelde richting van de zijne.

Doni rook de ozon in de lucht, en de haartjes in zijn nek gingen overeind staan; een dierlijke reactie die hij niet gewend was.

Er brak een onweer los dat niet voorspeld was. Het hart van Milaan viel open als een overrijpe vrucht.

Doni bleef stilstaan om het water gelegenheid te geven op zijn hoofd te kletteren.

7

De daaropvolgende zaterdag bereikte de lente in de stad, na nog zo'n nacht met regen, haar toppunt. Toen Doni wakker werd, spookte de journaliste door zijn hoofd, maar een ontbijtje met een strijkkwartet van Schubert erbij verdreef alle zware gedachten.

Claudia was vroeg opgestaan en al de deur uit, de schoonmaakster zou niet voor twaalf uur komen. Zo had Doni het huis twee uur helemaal voor zichzelf en hij was van plan er ten volle van te genieten.

Hij zette zijn tweede kopje koffie en besefte dat hij zich pas op dat moment goed bewust werd van de lente. De openbaring ervan was begonnen met die straal zonlicht na de lunch met Salvatori een paar dagen eerder, maar pas nu werd die volledig. De lente was geen kwestie van de maand van het jaar, maar van een heel spectrum aan indrukken: in overhemd en op slippers op het balkon staan, wind en zon op je huid, muziek die klonk in de kamers en gang, het gewriemel van de mensen op straat daar beneden, tot aan de grote laan en verder, in de richting van de dom.

Na Schubert was de beurt aan Mozart, drie sonates voor piano en viool. Doni klikte door tot de K379. Hij pakte zijn kopje op en ging in de leunstoel zitten.

Klassieke muziek was de enige kunstvorm waar hij een klein beetje verstand van had, en de enige waar hij zich vaak mee bezighield. Maar anders dan voor enkele op zichzelf staande werken van literatuur of schilderkunst, voelde hij geen liefde voor wat hij beluisterde.

Het verschil: als hij voor de vijftiende keer *Wittand* las, raakte hij nog net zo ontroerd als bij de eerste keer. Hetzelfde gold voor de schilderijen van De La Tour. Hij begreep er niets van en misschien vond hij ze prachtig om de verkeerde redenen – de kaarsen –, maar hij vond ze prachtig.

Van Schumann of Mahler daarentegen zou hij heel wat thema's kunnen na-neuriën, of kunnen vertellen op wie ze invloed hebben gehad, erop kunnen wijzen dat hier, in deze maat, je kon horen hoezeer de modulatie effect had op het tempo van de symfonie. Maar welbeschouwd was dat dan ook alles.

Niet dat het echt alleen maar een intellectueel genoegen was. Doni genoot wel van muziek, maar hij besefte ook dat het eigenlijk iets tegen zijn natuur was, een erfenis uit een bepaalde periode in zijn leven: de tijd dat hij zijn best deed om indruk te maken op Claudia toen ze jong waren.

Aan het eind van de jaren zeventig was zij een middelmatige violiste aan het conservatorium – haar beperkte talent werd gecompenseerd door een enorme wilskracht – en voor Doni zat er niets anders op dan zich te voegen naar haar passie.

Terwijl de sonate naar het eind toe ging, dacht Doni met een zekere weerzin terug aan hoe verlegen en meegaand hij was geweest in die tijd. Dromen of ambities had hij niet, hij kwam niet verder dan het smachten naar Claudia, alsof alleen in haar het ultieme levensgeluk verborgen lag. En om haar te krijgen studeerde hij er flink op los. Hij had de *Harmonielehre* van Schönberg gekocht en die las hij 's avonds – terwijl zijn broer ruzie maakte met hun ouders of zijn rugzak inpakte voor een van zijn reizen – zonder er ook maar iets van te begrijpen.

Wat had hij haar anders te bieden? Een doodgewone familie, een gewone studie, een redelijk helder inzicht en grote nauwgezetheid. Hij was een kind van zijn tijd, zoals Elisa dat was van de hare: zo intelligent dat ze van huis had moeten vluchten om zich te verwezenlijken.

Jarenlang had Doni matig en eenvoudig geleefd. De man van de pasta zonder saus, noemde Claudia hem lachend. Alles moest worden opgeofferd voor hetzelfde doel – het doel dat hem was doorgegeven als leidend idee: het leed verminderen, de mogelijkheden vermeerderen. Dat was zijn taak in de wereld, zoals het de taak was van alle mannen die net na de oorlog geboren waren. Een gezin stichten. Ingetogen zijn in de liefde. Eer bewijzen aan wat de vaders tot stand hadden gebracht.

Maar dat was allemaal veranderd. Hij had het idee dat met het voorbijgaan van de jaren zijn ambities zich steeds scherper waren gaan manifesteren. Wanneer was dat begonnen? Het moment in de tijd kon hij niet precies aanwijzen, maar één ding was zeker: nu gaf het hem grote voldoening als hij wist dat hij gehoorzaamd werd, als hij zijn autoriteit kon opleggen aan politiemensen en minder ervaren collega's.

Aan zijn lichaam, nog zo slank en taai als dat van een jongen, deed hij al jaren niets meer. Het was zijn geest die het nog een tijdje vol moest zien te houden, en wel omwille van een streven dat precies het tegendeel was van het idee van geluk uit zijn jeugd: de honger volledig stillen en verzadigd de eindstreep bereiken.

Hij peuterde de wikkel van een chocolaatje, legde het op zijn tong en liet het langzaam smelten.

In de vreemde leegte die volgt op elk muziekstuk – het is een mysterie: muziek komt voort uit stilte en keert weer terug naar stilte, zei een leraar van Claudia vaak – keken de jonge en de oude Doni elkaar even kort aan en vluchtten toen haastig weg in hun respectieve richtingen: verleden en toekomst.

Wat later ging hij naar buiten voor een wandelingetje. De lucht was nog fris en blauw, schoongewassen door het water, maar de straten vertoonden alweer hun gebruikelijke gefragmenteerde dynamiek. Mensen die stonden te wachten bij een stoplicht en de persoon voor hen onmerkbaar aanraakten. Mensen die hun auto lieten brullen en dan breed lachten vanachter hun zonnebril. Mensen die ijsjes kochten en kinderwagens duwden en luid liepen te klagen in hun mobieltje. Mensen.

Later op de dag ging Doni wat eten in de Crocetta-bar, het zoveelste broodje van zijn leven, alleen was dit vetter en duurder dan hij gewend was. Op zaterdag mocht alles, dus bestelde hij ook een Guinness, bier dat hij al een hele tijd niet had gedronken.

Na een verblijf in Ierland met Claudia, twee jaar eerder, had hij een tijdlang het bocht dat Italiaanse bars als Guinness verkochten niet door zijn keel kunnen krijgen. Die vakantie daar was hem zo goed bevallen (de traagheid waartoe dat klimaat je aanzette, de harmonie van dat landschap) dat hij tijdens de vlucht terug Claudia had voorgesteld na hun pensionering te verhuizen naar een dorpje ergens aan de kust. Ze had hem in zijn gezicht uitgelachen.

Nadat hij had gegeten liep hij doelbewust in de richting van het centrum, waarbij hij de westelijke route aanhield, de kleine straatjes bij de Via Carroccio volgend. Maar na een paar honderd meter werd hij moe en nam hij een tram die hem, met een halfronde omweg, bracht waar hij wilde zijn: de Corso Magenta.

Hier zat een heel oude kleermakerij waar ook zijn vader al kwam, en misschien zelfs zijn opa. Sinds enige tijd waren ze daar ook twee keer per maand op zaterdag open, en Doni maakte er gebruik van om een grijs kostuum van *boiled wool* te gaan passen. Ondanks de locatie had de zaak niets mondains. Het was er nog altijd zo sober als in vroeger tijden. Familiebedrijf, heel weinig kledingstukken aan de rekken, als winkelpersoneel twee dames van middelbare leeftijd met een mantelpakje aan. Hier geen jonge meiden in gebleekte spijkerbroek, geen raar hip taaltje.

Terwijl hij wachtte tot ze na de middagsluiting zouden opengaan, dronk Doni zijn derde espresso in een bar in een zijstraat. Er kwam daar bijna niemand om deze tijd. Hij ging buiten zitten, aan een tafeltje van marmer en smeedijzer, en vroeg zich af of zijn leven na zijn pensionering het leven zou worden van iemand die trots is dat hij zijn plicht in de wereld heeft vervuld, die het middel in overeenstemming heeft gebracht met het doel.

'Is die krant van u?' vroeg een jongen hem.

Doni zag nu dat er op de andere stoel aan het tafeltje een *Corriere della Sera* lag.

'Nee,' zei Doni.

'Mag ik hem pakken?'

'Natuurlijk.'

Doni keek even naar hem. Toen sloot hij zonder erbij na te denken zijn ogen en luisterde naar de geluiden van de dag: het geritsel van de krant in de handen van de jongen, het gerinkel van glazen en bestek, een oude man die hoestte in zijn vuist. De hele stad een geluidscollage: de altijd weer nieuwe en perfecte ballade die Milaan hem wilde schenken.

Later ging de kledingwinkel open. Zodra hij binnen was, kwam de eigenaar op hem toe met een lach die zo breed was dat je kon begrijpen dat hij die niet voor elke klant overhad. 'Goedemiddag, meneer. Fijn om u weer te zien. Wat kunnen we voor u doen?'

Ook Doni lachte hem toe. Hij vond dat hij dit verdiende, een gedienstige winkelier en alle tijd om te beslissen of hij wel of niet een pak van 1300 euro zou kopen.

Ja, hij verdiende dit: het voorrecht om er zomaar in een paar minuten een bedrag doorheen te jagen waar zijn dochter een maand van moest leven. Al was het pervers, dat maakte niet uit. Maar zijn dag werd tien minuten later bedorven, toen hij zich stond te bekijken in de grote spiegel. In de zak van zijn broek die nog in de paskamer hing, ging zijn mobieltje af. Hij frommelde hem eruit en kon nog net opnemen voor het ding stopte met rinkelen. Het was Claudia.

‘Vanavond eten we bij mijn vader,’ zei ze. ‘Zorg dat je tegen zessen thuis bent.’

Doni stopte de telefoon in zijn zak en wreef even over zijn gezicht.

8

Een paar jaar eerder was Claudia's moeder overleden na een verkeersongeluk. Haar vader had toen hun woning in Porta Genova verkocht voor een belachelijk villaatje buiten Milaan, dicht bij Chiaravalle. Ooit was het daar een mooi gebied geweest, maar nu zat het gevangen tussen de oostelijke ringweg en de grote snelweg naar het zuiden. Kale velden zonder enige poëzie vond je daar, verlaten boerenhuizen vol illegale immigranten en Afrikaanse prostituees, clandestiene vuilnisbelten en begraafplaatsen.

En toch was Claudia's vader er helemaal vol van. Hij beweerde dat hij hier het contact met de natuur had teruggevonden. En kortgeleden was hij ook nog eens een taalmaniak geworden. Hij had een stuk of tien woordenboeken aangeschaft en zat daarin urenlang de etymologie van de meest banale woorden na te zoeken. Alsof dat hem dichter bij de kern van zijn bestaan kon brengen, of misschien dacht hij zo de sleutel te kunnen vinden van de kluis waarin het verleden ligt opgesloten. Maar het was ook mogelijk dat hij op zoek was naar het ene woord dat hem kon verlossen, een abracadabra dat ergens verstopt zat in de plooien van wat hij ooit was geweest.

Zijn hele leven had hij een grote schoenenfabriek bestierd iets buiten Milaan, in Cesane Boscone. En nu zat hij iedere dag met grote toewijding elk woord uit het woordenboek te bestuderen, waarbij hij niet het kleinste detail oversloeg. Hele zinnen leerde hij uit zijn hoofd, complete definities. Dode taal die werd verminkt in de mond van een dode die maar niet wilde opgeven: nog een woord, en dan nog één. En iedere keer dat Doni hem zag, zat hij er onveranderd bij, met zijn pakje sigaretten – hij rookte al zeventig jaar, eerst Muratti, later, om het niet te dol te maken, Marlboro Light – en weer een nieuwe etymologie. Om de een of andere reden, die in tegenspraak was met elke biologische logica, hield zijn brein het hardnekkig vol. Het klampte zich vast aan woorden, in de hoop dat daarmee ook de dingen zouden blijven bestaan, en zijn lichaam.

Claudia vond het een sympathieke manier van oud worden, bijna mystiek. Ze zag nu van haar vader een zachte kant die ze nooit had gekend. Deze oude heer die zo hongerde naar letters, was dezelfde man die haar had willen verbieden zich met muziek bezig te houden, die haar naar een meisjeskostschool had gestuurd, en die altijd had gevonden dat geld het enig geschikte instrument was om een meningsverschil te beslechten. 'Omdat je het kan aanraken,' zei hij, zijn vingertoppen over elkaar wrijvend.

Volgens Claudia was hij bezig een argeloosheid te ontdekken die hij nooit eerder had bezeten.

Volgens Doni was hij alleen maar bezig geheel en al seniel te worden.

Het werd een nogal troosteloos etentje. De oude man had van het enige restaurant in de omgeving een enorme hoeveelheid vitello tonnato gekocht en die een paar uur eerder laten bezorgen: de met aluminiumfolie afgedekte plastic bakken stonden al op tafel. Hij serveerde er twee flessen mousserende rode wijn bij.

Doni zat tegen heug en meug te eten, en hij deed geen moeite dat te verbergen. Claudia probeerde tussen de twee mannen als bliksemafleider te fungeren, maar die leken elkaar vooral te willen negeren. Allebei praatten ze alleen tegen haar, over verschillende zaken, en zij gaf hun dan om de beurt antwoord.

Na drie glazen wijn begon de oude te kletsen.

'De laatste dagen heb ik me beziggehouden met heel eenvoudige woorden. In de eenvoud ligt het geheim, dat zei ik ook altijd tegen mijn mensen op de zaak. Als je iets op een eenvoudige manier kan doen, doe het dan ook zo, punt. Je begint bij eenvoud en je komt uit bij eenvoud. Ik zal jullie een voorbeeld geven. Kijk, het Italiaanse woord *erba*, gras, bijvoorbeeld, weten jullie waar dat woord vandaan komt? In het Latijn is het *ferba*, en in het Grieks *phorbè*, weiland, voedsel voor dieren. Maar de oorsprong ligt veel verder terug: *pharb*, van *bharv* uit het Sanskriet, dat kauwen betekent. Er bestaat ook een uitdrukking, die ik nu niet precies meer weet, waarin je die oorsprong terugziet, en die betekent "goed gevoede runderen" of iets dergelijks.' Hij krabde aan zijn neus en staarde voor zich uit. 'En nog eerder: *bhar*, dragen. Maar er bestaan natuurlijk ook andere theorieën. Voor elk woord een theorie. Heel interessant, echt heel interessant.' Hij richtte zijn blik naar beneden en legde met een sacrale beweging zijn vingers op de tafel, op zijn gezicht de uitdrukking van iemand die weer helder wordt na een lange periode van geheugenverlies, of van een inboorling die in het oerwoud een voorwerp vindt dat hij nog nooit heeft gezien, een stuk technologie dat uit de lucht is komen vallen. '*Tovaglia*,' zei hij toen, 'tafelkleed. Nog zo'n eenvoudig woord. Van dit soort dingen moet je uitgaan, begrijpen jullie? Dat woord komt uit het Middelhoogduits, *dwahilla* of *twahilla*, een doek om je mee af te drogen, en vandaar kan je naar het oorspronkelijke werkwoord, *dwahan*, wassen. Kunnen jullie het volgen?'

'Ik zie het nut er niet van in,' zei Doni.

'Hoezo zie je het nut er niet van in?' vroeg de oude man.

'Nou, ik bedoel, nu weet ik dat het woord *erba* van een ander woord uit het Sanskriet afstamt. En dus? Wat heb ik dan eigenlijk geleerd?'

'Nou ja zeg! Dan heb je de oorsprong ervan geleerd!'

'Zeker, maar wat heb ik gewonnen ten opzichte van wat ik al wist? Welke geheimen worden er onthuld? Het enige wat er gebeurt is dat het probleem een stapje achteruit wordt geplaatst.'

'Uit de oorsprong komt wel alles voort, hoor.'

'Ja, maar wat heb ik eraan in het gewone leven?'

De oude schudde het hoofd en glimlachte, alsof hij de allerdomste mens op aarde tegenover zich had. Doni zag af van verdere discussie, zoals hij dat altijd had gedaan. Even een paar opmerkingen om belangstelling te tonen, en daarna: stik verder maar in die etymologieën van je.

Claudia nam nog een stukje vitello tonnato uit de plastic bak en haar vader praatte met monotone stem weer verder. Doni luisterde niet meer naar hem. Alleen ving hij uit de steeds gelijke oppervlakte van het betoog af en toe een woord op dat vreemder klonk dan andere, een stukje taal dat de oude man, het vervormend met zijn Milanese accent, koppig nieuw leven wilde inblazen.

Doni keek naar zijn hals, verkreukeld door ouderdom en ziekte. Hij was tweeënnegentig en zijn lichaam had iets onwaardigs, iets wat God niet had moeten toestaan. Hij was klein, zijn buik en hoofd waren enorm, zijn armen dun. Bij elke lettergreep sprong er speeksel van zijn lippen en zijn handen beefden voortdurend. Hij kleedde zich als een dronken houthakker en hij had zo weinig op met persoonlijke hygiëne dat zelfs zijn thuishulp er vaak over klaagde tegen Claudia.

Doni prees zich gelukkig dat zijn eigen ouders de een na de ander op ordelijke wijze het anker hadden gelicht: zijn vader door een hartinfarct, zijn moeder gewoon door vroege ouderdom.

Bij de koffie liet de oude man zijn etymologieën even met rust. Hij wendde zich weer tot Doni.

'Ik hoor van Claudia dat je het proces van die ene figuur moet doen.'

'Van wie?'

'Van die neger, die ene die een vrouw een rolstoel heeft bezorgd.'

Doni zuchtte diep en lang.

'Papa, je moet niet "neger" zeggen,' zei Claudia met een glimlach.

'Nou zeg, dat is-ie toch, of niet soms? Ik ben toch ook niet beledigd als ze zeggen dat ik blank ben? Mooie boel.'

Claudia sloeg haar ogen ten hemel.

'Maar denk er wel om, hè,' zei de oude man terwijl hij Doni aankeek.

'Waar moet ik om denken?'

'Roberto, alsjeblieft,' kwam Claudia ertussen.

'Wat heb ik verkeerd gezegd?'

'Je stem klinkt boos.'

'Nou ja, sorry, maar ik begrijp niet waar je vader het allemaal over heeft.'

'Ik heb het erover,' ging de oude verder, 'dat je vuilakken moet geven wat ze verdienen.'

'Nadat de feiten zorgvuldig zijn onderzocht, meneer Barbieri.'

'Ja, dat is allemaal prima. Maar als ik hoor wat ze op de televisie zeggen, dan ga ik er het mijne van denken.'

'Hoezo, wat zeggen ze dan op de televisie?'

De oude man leek even van zijn stuk gebracht en keek met open mond om zich heen. Zijn ogen dwaalden door de smoezelige, zielloze kamer, die een uitbeelding leek van de schipbreuk die hij had geleden. Nergens vond hij houvast.

'Wat ze altijd zeggen,' zei hij toen met een vriendelijke glimlach.

'Nou ja, als het is wat ze altijd zeggen...' zei Doni even vriendelijk.

'Zal ik nog wat koffie inschenken?' vroeg Claudia.

Tegen negen uur gingen ze weg. Buiten rook het naar vers gemaaid gras. Doni snoof diep voor hij achter het stuur ging zitten. Claudia zweeg.

Tijdens de terugrit moest ze af en toe hoesten.

'Voel je je niet goed?' vroeg Doni.

'Ja, jawel, ik voel me prima.'

'Je hoest steeds.'

'Niks aan de hand.' Ze slikte. 'O ja, dat vergat ik bijna, ik heb Elisa weer aan de telefoon gehad.'

'Aha.'

'Vanmiddag.'

'Wat had ze te vertellen?'

'Goed nieuws. Ze heeft weer een studiebeurs gekregen. Ze blijft in Bloomington, geloof ik.'

Doni was even stil. 'Waarom heb ik dat niet eerder te horen gekregen?' vroeg hij toen.

'Hoe bedoel je?'

'Ze heeft nog steeds niet geantwoord op mijn laatste e-mail.'

'Ach, je zult zien dat ze dat vandaag of morgen heus wel doet. Ze zat heel erg in de stress, dat arme kind.'

'En toch zou ze het moeten weten.'

'Dat het geld niet echt het probleem is? Natuurlijk, dat zeg ik ook steeds tegen haar. Maar je weet hoe ze is, ze wil niet geholpen worden, ze doet liever alles alleen.'

'Nee,' zei Doni, 'dat ik er prijs op stel dat ze me antwoordt.'

Claudia deed haar lippen vaneen, maar er kwam slechts wat gehoest uit, waarna ze er het zwijgen toe deed. Buiten begon de omgeving weer de bekende trekken van de stad aan te nemen. Dat was een langzaam en ongelijkmatig procedé: hier en daar sprong tussen de conglomeraten van woonflats plotseling een fabriek naar voren en soms werd de uitgestrektheid van de grote stad onderbroken door een open veld.

'Je vader is nu wel echt vreselijk oud aan het worden,' zei Doni terwijl hij wachtte tot een stoplicht op groen zou springen.

Ze greep haar veiligheidsgordel vast. 'Wij ook' was haar antwoord.

Doni knikte met vertrokken gezicht en reed weer door. Vijfenzestig en eenenzestig. Zeker, ook zij waren al oud, en ze gingen eten bij een kletskous en racist van in de negentig, terwijl hun dochter het allemaal probeerde te rooien aan de andere kant van de oceaan, zich vastklampend aan een toekomst waaraan ze zelf elke dag moest bouwen en die voortdurend kon instorten. Er was iets wezenlijk verkeerd in dit alles. Maar misschien was het alleen maar de zoveelste bevestiging van zijn persoonlijke theorie: als leidraad om de mens te begrijpen is alleen de desillusie geschikt, juist omdat daarin geen troost te vinden is.

In stilte zat Doni achter het stuur. Een chauffeur die vóór ze reed bepaalde hun tempo, langzaam, en met overdreven veel gebruik van het rempedaal, terwijl op de andere rijstrook de auto's als ronkende lichtflitsen voorbijschoten.

'Ga bij de volgende naar links, dan zijn we er sneller,' zei Claudia, waarna ze weer moest hoesten.

'Nee, dat wordt ellende, dan verdwalen we.'

'Naar links, zeg ik je.'

'Laten we maar gewoon rechtdoor gaan, dat gaat sneller.'

'Wel godverdomme!' viel ze uit. 'Kun je nou echt nooit een keer naar me luisteren? En dan durf jij het over mijn vader te hebben! Ik probeer je iets aan je verstand te brengen,' zei ze hoestend, 'ik probeer je iets te vertellen wat ik absoluut zeker weet, iets over een route die ik duizend keer vaker dan jij heb gereden' – weer hoestte ze een paar keer – 'en jij' – opnieuw een hoestbui – 'gaat er straal aan voorbij. Jij bent altijd de enige die gelijk kan hebben!'

Doni's mond viel open.

'Claudia...' zei hij.

'Laat me met rust!'

'Maar ik heb toch helemaal niks bijzonders gezegd?'

Voor de zoveelste keer moest ze hoesten, en deze keer maakte het Doni zo ongerust dat hij de auto aan de kant zette. Hij zag hoe ze zich in bochten wrong, terwijl de veiligheidsgordel nog steeds stevig in haar hand geklemd zat, alsof ze alleen daardoor was verbonden met de wereld. Even later trok de hoestbui weg en begon ze diep in en uit te ademen.

'Sorry,' zei ze. 'Echt sorry.'

Doni wist niet wat hij moest zeggen, dus zei hij maar niets. Claudia knipte het lampje boven de achteruitkijkspiegel aan en bekeek haar handen, alsof daar bloed aan zou kunnen zitten, maar vond niets. Ze knipte het licht weer uit en bleef toen uitdrukkingsloos voor zich uit zitten staren.

'Laten we alsjeblieft naar huis gaan.'

Doni sloeg linksaf waar Claudia dat had gezegd en drukte het gaspedaal zo ver mogelijk in. De nacht had de stad nu volledig ingenomen.

9

Het bestand dat openstond op zijn scherm was een Word-document met de naam 'Testament'. Een paar jaar eerder was hij daarmee begonnen en als hij zich treurig voelde bracht hij er wat kleine wijzigingen in aan.

In de loop der tijd was de tekst langer geworden en een steeds breder terrein gaan bestrijken. Als een boomwortel zocht hij zich een weg door het verleden, en inmiddels was het een soort kleine morele autobiografie geworden, met punten genummerd van een tot vijftien. Naarmate Doni zich meer was gaan hechten aan dit document, waren de echte testamentbepalingen allengs verdwenen om plaats te maken voor herinneringen en allerlei gedachten over het leven. De vrees om niet te worden begrepen was belangrijker geworden dan het praktische doel.

Volgens hem waren er maar twee redenen waarom iemand als hij de drang zou hebben zo'n tekst op te stellen. De ene lag ver in het verleden, de andere was recenter.

De eerste reden dateerde uit 1981. Het waren zijn laatste maanden in Ancona en hij bereidde zich voor op de verhuizing naar Gallarate. Elisa was toen twee jaar en Doni voelde zich zo gelukkig dat hij niet eens wist hoe hij de staat waarin hij verkeerde zou moeten benoemen; hij wist niet goed wat dat was, echt blij zijn. Hij was naar Milaan gereisd om zijn ouders op te zoeken en een paar woningen te bekijken, en had van de gelegenheid gebruikgemaakt om te gaan eten met Giacomo Colnaghi, een oude studievriend, die toen nog officier van justitie was.

Ze waren altijd meer goede kennissen dan intieme vrienden geweest – heel andere levens, andere ideeën over bijna alles, Doni niet gelovig, Colnaghi wel, Doni deed niet aan sport, Colnaghi was een enthousiast wielrenner – maar op die dag had je ze moeten zien: twee juristen van midden dertig die elkaar ondersteunend, de buik vol risotto en een beetje aangeschoten, uit een trattoria aan de kade van het kanaal naar Pavia komen stappen. De naam voor geluk die Doni niet wist te bedenken was te vinden in het gamma van details van dat moment: de zachte avondkleuren, de nogal louche en romantische sfeer van het buurtje daar, twee katten die lagen te slapen voor de toegangspoort van een binnenerf, de elektriserende geur van de zomer. Dit was het echte leven. Dit, en niets anders: een vriend, een dochter, een nieuwe baan.

Zes dagen later werd Giacomo Colnaghi vermoord met drie pistoolschoten afkomstig van een aan de Rode Brigades gelieerde groep.

Doni hoorde het nieuws in een bar waar hij een jus d'orange ging drinken alvorens naar huis te gaan. Om even wat van het journaal mee te pikken, keek hij omhoog naar het tv-toestel dat daar hing en zag een foto van Colnaghi, waarbij iemand een verklaring van de daders voorlas. 'Deze katholieke christendemocratische rechterlijke macht,' ving Doni op, en 'nog jonge magistraten maar al slaaf van de onderdrukkers.' Hij zocht steun aan de aluminium bar en nog voor hij iets begreep, nog voor hij besefte wat er was gebeurd, voelde hij tranen stromen tot aan zijn mond.

De tweede reden was van twee jaar geleden. Toen werden Doni en Claudia plotseling 's nachts wakker gebeld. Het was de huisgenote van Elisa die hun meedeelde – met een sterk Amerikaans accent, zodat Doni het maar moeilijk kon volgen – dat hun dochter een ongeluk had gehad. Ze was aangereden door een auto, vertelde ze, en op dat moment lag ze in het ziekenhuis en, nou ja, ze had eigenlijk niet meer te melden, maar ze zou zo snel mogelijk terugbellen.

Doni en Claudia bleven de rest van de nacht door het huis dolen, zonder zelfs de kracht om elkaar even vast te houden. Vier uur later ging de telefoon een tweede keer, opnieuw de huisgenote, die hen met een bijna uitgelaten stem kwam geruststellen: alles oké, Elisa had alleen maar een gebroken been.

Die nacht had Doni ingezien dat de dood niet het vredige inslapen is dat zijn beide ouders had weggevoerd, en ook niet de vele vormen van wreedheid en geweld die hij in de loop der jaren zo vaak had gezien en die hij waar mogelijk had geprobeerd te bestraffen en terug te dringen. Voor al die mensen had hij nooit zo in de rats gezeten als, toen hij al aan het ergste dacht, voor Elisa: hoe ze zou overlijden tijdens de operatie, hoe met Claudia om te gaan, het stoffelijk overschot dat naar Italië moest worden vervoerd, en alle bureaucratische ellende die hij zo goed kende.

In die vier uur kwam Doni tot het inzicht dat de dood een telefoontje is, zoals hij jaren daarvoor had ingezien dat de dood een tv-beeld is. In zijn hoofd begon zich toen het idee te vormen van iets wat sterker moest zijn dan zo'n telefoontje of zo'n beeld. Wat het dan ook was. Een stuk van hemzelf dat in staat was om het noodlot te overleven, om een goed bericht door te geven.

Hij scrolde naar het begin van de tekst en las voor de zoveelste keer:

1. *Schrijver dezes is Roberto Doni, in de leeftijd van vijfenzestig jaar. Ik ben magistraat te Milaan, op dit moment officier van justitie bij het ressortsparket, en ik woon met mijn echtgenote Claudia in de Via Orti, Milaan.*
2. *Ik schrijf dit niet alleen omdat ik wil vastleggen wat er met mijn bezit moet gebeuren na mijn dood (in dit verband heb ik weinig toe te voegen aan waar de wet al in voorziet, niet meer dan enkele preciseringen), maar ook*

omdat ik iets wil achterlaten van hoe ik over sommige zaken denk.

3. *In de eerste plaats wil ik stellen dat ik een rechtschapen mens ben geweest en altijd in eerlijkheid mijn werk heb gedaan. Maar ik erken mijn beperkingen daarbij: gebrek aan geduld voor wie wat langzamer van begrip is; een met de jaren toegenomen drang om carrière te maken; inhaligheid, en genoegen beleven aan het uitgeven van geld waarover ik vroeger niet kon beschikken; en nog meer, dat ik ooit nog eens zorgvuldig op een rij moet zetten.*

   Maar over het geheel genomen ben ik een rechtschapen mens: ik probeer alles altijd op de best mogelijke manier te doen. Dit heeft voor mij te maken met een credo dat ik koester.

Nu volgde het deel dat hem het liefst was.

4. *Mijn credo is heel eenvoudig. Ik geloof in een licht, in een vlam die de Gerechtigheid is, en die wij met onze handen moeten beschermen tegen de wind. Het is een banaal beeld maar ik ben dan ook geen schrijver, en eigenlijk vind ik dat in dit soort zaken banaliteit voordelen biedt, dat het een middel kan zijn om verder te komen. Buiten ons is een licht, op een soms verre maar altijd bereikbare plaats, en het heet Gerechtigheid.*

   Een universele definitie ervan geven is niet mogelijk, we moeten ons beperken tot een definitie voor het hier en nu, dat wil zeggen: gehoorzaamheid aan de wetten die ons zijn gesteld.

   Natuurlijk kunnen Gerechtigheid en wetgeving op wezenlijke manier van elkaar verschillen. Maar in deze donkere tijden kan bezinning op het eerste begrip alleen maar uitkomen bij eerbiediging van het tweede. Dat heeft het terrorisme me bijgebracht, dat me, onder meer, een vriend heeft afgenomen.

5. Meer echte overtuigingen heb ik niet, behalve misschien mijn geloof in helden. Jaren geleden heb ik een stuk geschreven over Paolo Borsellino. Ik werkte toen bij Justitie in de regio Marche, en de moordpartijen door de maffia zaten me heel hoog. Dat stuk kwam in een dagblad te staan. Ik beweerde er niet iets echt briljants in, maar probeerde slechts de stelling kracht bij te zetten dat onze wereld helden nodig heeft. Dat is een absolute noodzaak. Het gaat hierom: de wereld moet worden gered, en op een bepaald moment

Doni's telefoon rinkelde en in een reflex klikte hij het document weg.

'Hallo?'

'Dag Roberto, met Salvatori spreek je.'

'Hé Michele, hoe is het?'

'Met mij goed,' zei Salvatori. 'Met jou?'

'Ook goed hoor. Wat ben je aan het doen?'

Salvatori wachtte even, alsof hij niet wist wat te antwoorden.

'Ach, niks bijzonders, Roberto, wat zou ik moeten doen? Werk. Zoals iedereen, de een wat meer, de ander wat minder. Ik ben in ieder geval niet op brasem aan het vissen met mijn zoon, terwijl ik dat toch heel graag zou willen. Ik zou trouwens ook wel graag een zoon willen hebben.'

Doni schoot in de lach en besloot wat olie op het vuur van hun gesprekje te gooien. Daar had hij even behoefte aan: aan de ouwe vertrouwde Salvatori met zijn ironie, zijn cynisme, zijn zelfbeklag. Geef ons meer Salvatori.

'Kinderen kunnen je veel verdriet doen hoor, Michele.'

'Ja ja, dat zal wel, kinderen: niks dan verdriet. Nee, ík heb het getroffen, als vrijgezel die met volle teugen van het leven kan genieten. Maar luister even,' ging hij verder, 'ik bel je om je mening te vragen over iets.'

'Wat is er aan de hand?'

'Als je even naar mijn etage komt als je een momentje hebt, leg ik het je uit.'

'Is het iets ernstigs?'

'Roberto, als het ernstig was, had ik het meteen gezegd. Het gaat gewoon om een advies.'

Doni probeerde zijn teleurstelling niet te laten doorklinken in zijn stem. 'Goed dan. Over een halfuurtje ben ik bij je.'

10

Salvatori's kamer was geheel en al het tegendeel van zijn persoon: piepklein, brandschoon, keurig geordend. Hij bood Doni een snoepje aan, maar die weigerde en ging niet zitten. 'Nou?' vroeg hij.

'Nou,' zei Salvatori, die languit in zijn bureaustoel hing, 'vanmorgen kwam er een jongen bij me langs van de Guardia di Finanza, de fiscale politie. Het zit zo: een week geleden heeft die jongen – eenentwintig, hoogstens tweeëntwintig is-ie – meegewerkt aan een belastingcontrole bij een zakenman in Bollate. Daar kwam uit dat die zakenman een flink zwart gat in zijn omzet had: bijna de helft.'

'Nou zeg, poepoe, wat kijk ik daarvan op...'

'Ja toch? En wat heeft de brigadier dus gedaan? Eerst heeft hij zijn jonge agenten een beetje bang gemaakt, en toen heeft hij tegen die zakenman gezegd dat ze er misschien wel uit konden komen.'

Doni knikte.

'Dus ze beginnen te onderhandelen, en uiteindelijk haalt die brigadier er tienduizend euro uit. Hij neemt de agenten even apart en zegt: duizend voor ieder van jullie, de rest voor mij. De andere twee wrijven zich in de handen, die jongen van mij begint in paniek te raken. Maar hij geeft geen kik, hij wil niet voor sukkeltje worden versleten. Dus hij pakt dat geld aan, neemt het mee naar huis en verbergt het in een kast.' Salvatori haalde een snoepje uit de wikkel en deed het in zijn mond. 'Een week later houdt hij het niet meer uit en bekent alles aan zijn vader. Die kent mij en zegt tegen die jongen dat hij naar mij toe moet gaan. Ik luister naar zijn verhaal, schud mijn hoofd, en zeg dan tegen hem dat-ie vanmiddag terug moet komen omdat ik een oplossing moet bedenken.' Hij sabbelde op zijn snoepje en sloeg zijn blik op naar Doni. 'Wat zou jij tegen die jongen zeggen?'

'Wat valt er te zeggen? Hij heeft zichzelf al helemaal klem gezet. Het enige wat hij had kunnen doen was dat geld weigeren en verder zijn mond houden. Je weet toch hoe dat gaat tussen die figuren daar?'

'Tuurlijk, tuurlijk. Maar dat is nou juist het probleem.'

'Dus er zit niks anders op. Je moet die brigadier in staat van beschuldiging stellen.'

'Maar dan komt die jongen in de problemen.'

Doni zuchtte. 'Ja, dat zit er wel in, natuurlijk.'

'Dan maken ze hem het leven onmogelijk.'

'Meer dan dat. Bij zijn collega's is hij afgeschreven, en dit soort verhalen verspreidt zich heel snel, dus als-ie carrièremogelijkheden had, is-ie ze nu kwijt. En waarschijnlijk dwingen ze hem er ook nog toe om ontslag te nemen.'

Salvatori krabde aan zijn wang.

'Vind ik wel heel lullig voor die jongen. Het is nogal een zielenpoot, naïef, een beetje zo'n joris-goedbloed. Hij heeft er een week niet van geslapen en zijn meisje heeft een zenuwinzinking gekregen.'

'Helaas is er geen andere oplossing.'

'Nou ja, theoretisch natuurlijk wel.'

Doni tuitte nauwelijks merkbaar zijn lippen.

'Theoretisch,' ging Salvatori verder, 'zou ik alles stil kunnen houden. Tegen die jongen zeggen dat hij er met niemand over moet praten en dat geld aan een goed doel geven of zoiets.'

'Ben je gek geworden?'

'Luister nou, die jongen verdient dit soort ellende niet. Een fout kan iedereen een keer overkomen.'

'Ik hoop dat je een grapje maakt.'

'Roberto, ik weet hoe jij erover denkt, dat weet ik heus

wel. En je hebt gelijk. Maar we kunnen toch af en toe wel eens iets door de vingers zien?'

'Absoluut niet! Als een feit eenmaal is aangegeven, kan je dat met geen enkele mogelijkheid meer wegpoetsen. Je moet nu onmiddellijk die brigadier bellen. Bel hem op!'

Salvatori zuchtte.

'Dus jij zou niet een beetje soepel willen zijn?'

'Wat nou soepel?' Doni was harder gaan spreken. 'Zullen we 's een keer ophouden met dat soepel zijn in van alles en nog wat, met dat de ene hand wast de andere? Wanneer zijn we in godsnaam zo geworden, Michele? Dat we ons in de zeik laten nemen door corrupte brigadiertjes?'

'Dat bedoel ik niet. Ik probeer alleen maar die jongen te redden, van twee kwaden het minste te kiezen.'

'Er bestaat geen minste kwaad, Michele. Het minste kwaad is een smoesje, een truc. Je kan toch verdomme niet zomaar even een soort eigen rekenkunde van kwaden gaan bedenken.' Hij realiseerde zich dat hij sprak als de tekst van zijn testament. 'Het spijt me erg voor die jongen van jou, maar hij heeft zich medeplichtig gemaakt aan een ernstig misdrijf. Wat moeten we dan doen, hem gewoon verder zijn gang laten gaan? Zodat-ie misschien nog meer geld aanpakt? Corrupte rijkelui kan hij meer dan genoeg vinden, dacht ik zo.'

'Oké,' zei Salvatori. 'Ik wilde alleen even je mening horen. Maak er geen drama van.'

Op dat moment voelde Doni de neiging om Salvatori bij zijn stropdas te grijpen, zo lang en dik als zijn lijf er ook bij lag in die bureaustoel. Stomme klootzak die je bent, besef je wel wat je zegt? Besef je wel dat door deze houding ons land bezig is finaal naar de knoppen te gaan? Niet door daden. Door een houding, door jóúw houding. Want die is de bron van al het andere. Als iemand volkomen bewust van wat hij doet zaken onder het tapijt probeert te vegen, is dat honderd keer erger. Dat is een misdaad die je niet eens kan bestraffen, een wandaad die alle juridische mogelijkheden ontstijgt, iets wat alleen maar schreeuwt om wraak.

Hij zuchtte en probeerde zich te beheersen.

'Er is anders reden genoeg om er een drama van te maken,' zei hij.

Salvatori spreidde zijn armen. 'Toch blijft het zielig. Dit soort dingen zijn aan de orde van de dag en dan wordt zo'n schlemiel er opeens slachtoffer van.'

'En juist daarom kan een officier van justitie zich niet veroorloven om de ene misdaad met de andere te bedekken. Heb je me gehoord? Uitzonderingen altijd, fouten nooit. Wat we doen, moeten we goed doen, godverdomme. Wat we doen, moeten we goed doen!'

'Ja natuurlijk, ik hoor het allemaal wel. Uiteindelijk heb je wel gelijk, natuurlijk.'

'Heb je me gehoord?' vroeg hij nog een keer.

'Dat zeg ik je toch!'

'Michele,' zei Doni terwijl hij hem aankeek, 'ik zeg het je maar één keer. Als je die vent niet belt, ga ik het je moeilijk maken. Is dat duidelijk?'

Salvatori verdroeg Doni's blik niet lang.

'Oké,' zei hij. 'Ik bel hem meteen.'

Op zijn eigen etage ging Doni de toiletruimte binnen en nam een slok water uit de kraan. Hij was bezweet en moe. Het gehavende porselein van de wasbak vertoonde een vreemd patroon van barsten. Doni zag er het profiel van een man in.

Terug op zijn kamer deed hij de deur achter zich dicht en bleef er even met zijn rug tegenaan staan. Hij liet zijn blik rondgaan, alsof hij weer aan de ruimte moest wennen. Boven zijn bureau hingen twee ingelijste afbeeldingen. Een daarvan was een reproductie van weer een ander schilderij van De La Tour: *De droom van Jozef*.

Jozef was hierop een oude kale man met een witte baard, die op de rechterkant van het doek zat te slapen. Aan de andere kant stond, op de rug gezien, een engel in de gedaante van een kind met de armen naar Jozef uitgespreid. De rechterhand van de engel raakte licht aan Jozefs baard, de linker was op elegante manier met de palm naar boven gewend. Tussen hen in stond de bij De La Tour nooit ontbrekende kaars, die met zijn lichtval het bijzondere perspectief bepaalde. Het lichaam van de engel versmolt met de achtergrond en alleen zijn gezicht was goed te zien. Het leek wel of het hele doek een koperglans had.

In de andere lijst zat een zwart-witfoto van Colnaghi. Jasje, stropdas, beetje scheve glimlach, bril met donker montuur. Hij zag er ouder uit dan hij was. Het typische gezicht van de christendemocraat. Eronder stond alleen maar: GIACOMO COLNAGHI 1943-1981.

Doni ging aan zijn bureau zitten en voerde opnieuw 'Elena Vicenzi' in Google in. Weer kwam hij de reportage tegen die ze had gepubliceerd op de site van *l'Espresso*, en hij begon die te lezen. Elena had een eenvoudige manier van schrijven, bijna wat formeel zelfs, maar uit haar zinnen sprak een sterke drang om te vertellen.

Doni las het artikel helemaal uit, selecteerde het in z'n geheel met de muis en sloeg het op als Word-document. Toen klikte hij het bestand 'Testament' weer open. Daar ben ik weer, dacht hij terwijl hij op het scherm de eerste zin las: *Schrijver dezes is Roberto Doni.*

Hij liet een minuut voorbijgaan. Toen haalde hij zijn portefeuille tevoorschijn, pakte er het rode vierkantje met de gegevens van de journaliste uit, greep de hoorn en toetste haar nummer in.

II

Wat doe ik hier eigenlijk?
Wel tien keer vroeg Doni het aan zichzelf. De vraag zou in de volgende dagen allengs minder zwaar en dringend worden, om uiteindelijk te krimpen tot een vage vermaning, maar niet geheel verdwijnen achter de horizon van zijn denken. Wat deed hij hier nu eigenlijk, op het Piazzale Loreto, om acht uur 's avonds, bij de hoek van de Via Padova, wachtend op een journaliste die net zo oud was als zijn dochter? Een officier van justitie bij het ressortsparket. Een dienaar van de publieke zaak. Het antwoord vond hij niet, zoals hij dat ook later niet zou vinden, en Doni kon niet veel anders doen dan zijn aanwezigheid op die plek dan maar te accepteren als onderdeel van de omgeving.

Terwijl hij op haar stond te wachten, realiseerde hij zich opeens dat hij nooit in de Via Padova was geweest. Het verbaasde hem niet al te zeer. Als typische Milanees uit het centrum beschouwde hij deze buurt als een oninteressant randgebied. Alles achter de buitenste ringweg was voor Doni min of meer zonder betekenis, alles was hier van een saaie gelijkvormigheid. Je zag alleen maar hier en daar wat kleine variaties in een verder grijze en vijandige buitenwijk. Hij probeerde zich te herinneren of hij hier soms wel eens geweest was tijdens zijn vorige baan, maar hij wist geen enkele gelegenheid naar boven te halen.

In die tijd was dit dan ook nog een vrij rustige buurt. Pas de laatste jaren gebeurde er hier van alles dat de kranten haalde. En de laatste jaren werkte Doni niet meer buiten de deur.

Wat doe ik hier eigenlijk? Hij verplaatste zijn tas naar zijn andere hand en keek de straat eens diep in de ogen. Die was zo recht als een liniaal, zonder onderbrekingen, in de verte alleen wat wazig. Het was nog licht genoeg om gezichten en details te zien. Bij de bushalte stonden een stuk of veertig mensen, van wie niemand Italiaan was.

Hij stak de straat over en liep de Viale Monza in. Die bood min of meer hetzelfde beeld, alleen was het hier chaotischer omdat er twee rijbanen waren en het drukke verkeer in beide richtingen reed. De twee straten vormden samen een enorme ijshoorn, die zijn opening ergens bij de eerste kleine stadjes buiten Milaan had. Hier ergens had iemand naast Khaled Ghezal schoten gelost. Doni probeerde in gedachten de lichamen om te wisselen: het lichaam van de vermeende schutter, die nu zat opgesloten, en het lichaam van de werkelijke schutter – als die er tenminste was, als die tenminste bestond –, die vrij rondliep, die aan het lachen was, aan het eten, of misschien aan het vrijen. Of misschien glipte hij nu wel langs hem. Maar het zou ook kunnen dat hij nu ergens net zo onrustig en nerveus over straat liep als Doni zelf; de prooi en de jager.

Hier ergens. Ergens in deze buurt lag de waarheid verborgen.

Hij schrok op toen er vlak naast hem getoeterd werd. Hij draaide zich om en zag een oude rode Fiat Uno, met de lichten aan, langs de stoep komen. Achter het stuur zat Elena, de journaliste. Ze lachte naar hem en gebaarde dat hij moest instappen.

Doni liep naar het half omlaag gedraaide raampje. 'Ik verwachtte dat u lopend zou komen,' zei hij.

'Ik had een interview buiten de stad, ik ben daar net klaar. Ik dacht: met de auto zijn we er sneller. En zo kunt u ook in één keer een beeld krijgen van de straat. Komt u maar.'

Doni stapte in. Meteen trok Elena op.

'Is deze auto van u?' vroeg Doni.

'Van mijn moeder.'

'Is uw moeder ook journaliste?'

Ze keek hem even aan en schoot toen in de lach.

'Nee, die werkt bij de posterijen. Waarom vraagt u dat?'

Doni schudde zijn hoofd. 'Dat weet ik eigenlijk niet.'

'Ze werkt op het postkantoor van Cinisello Balsamo,' ging ze verder. 'Mijn vader is overleden toen ik vijf jaar was en mijn broer is ingenieur. Ik ben het buitenbeentje van de familie.'

'Wat naar, dat van uw vader,' zei Doni.

Ze haalde haar schouders op. Er viel even een stilte.

'Nogmaals bedankt dat u wilde komen,' zei Elena toen. 'Dat waardeer ik echt. Ik weet dat het niet makkelijk voor u is, maar ik garandeer u dat u de juiste keuze heeft gemaakt.'

'Dan u ook bedankt, voor deze geruststelling,' zei Doni met een lachje. 'Ik voel me inderdaad niet helemaal op mijn gemak.'

Ze giechelde even. 'In het begin voelt niemand zich hier op z'n gemak. Maar je went eraan.'

'Nee, ik bedoelde in deze situatie.'

'Dat is hetzelfde,' zei Elena.

Ze werden links, op de rijstrook die was gereserveerd voor bussen, ingehaald door een andere auto. Elena's arm schoot omhoog en ze schudde haar hoofd.

'Kijk nou toch 's wat een klootzak!' Ze keerde zich naar Doni. 'O, sorry.'

'Geen probleem, hoor. Waar gaan we eigenlijk precies naartoe?'

'Naar het achterste deel van de straat, daar bij de kade van het Martesana-kanaal. We hebben een afspraak met twee collega's van Khaled, die komen zo dadelijk van hun werk.'

'Zijn dat ook bouwvakkers?'

'Ja, maar zonder vergunning. Ze werken wanneer het kan. Dan worden ze gebeld en moeten ze de volgende dag komen, en meestal moeten ze heel vroeg op, want dat werk is bijna altijd buiten de stad, in het Brianzagebied, soms helemaal bij Brescia.'

Doni knikte en vroeg toen: 'Ik neem aan dat u zelf geen moordenaar bent?'

Elena schoot weer in de lach. Ze had een mooie lach, fris, explosief. Doni was het niet meer zo gewend om mensen te horen lachen.

'Nee, ik dacht toch echt van niet.'

'En u bent ook geen medeplichtige van de daders.'

'Absoluut niet.'

'Mooi, dat stelt me gerust.'

'Gelukkig maar.'

'Eigenlijk zou ik hier helemaal niet moeten zijn. Dat weet u toch?'

'Nou en of ik dat weet. En het feit dat u hier wel bent is opnieuw een bewijs dat u een bijzonder mens bent.'

Doni betrok. 'Ik houd niet zo van nietszeggende complimenten,' zei hij.

'Het was niet als compliment bedoeld.' Ze draaide zich naar hem toe. 'Bijzonder in de betekenis: een uitzondering op de regel. Dat is alles.'

'Uitzonderingen altijd, fouten nooit,' zei Doni. 'Dat is een oud motto van mij.'

'Dat is 'n mooie. Dit bezoek van ons past daar heel goed in.'

Ze vielen stil. Doni keek uit het raampje. Ze waren net een rotonde gepasseerd – in het voorbijgaan zag hij de straatnaam Via Predabissi – en nu reden ze weer in een rustig tempo verder de straat af. Aan de rechterkant was het beeld een en al herhaling: kebabtent, bar met Chinezen, slagerij, koffiehuis, ijssalon, winkel met huishoudelijke apparaten, bar met Chinezen, kebabtent, banketbakker, koffiehuis, slager, gokhal, winkel met onduidelijke spullen.

Doni probeerde de details in zich op te nemen. Twee oude mannen dronken een glas wijn op het terrasje van een restaurant waarboven een Milanese naam prijkte, en de toevoeging SINDS 1910. Op het trottoir zaten hier en daar wat Noord-Afrikaanse jongens gehurkt bij elkaar, een sigaretje tussen hun vingers. Bejaarde dames met een rode muts en nylonkousen. Een langharig type met een gitaarkist op zijn rug remde plotseling met zijn fiets.

'Wat vindt u van dit uitzicht?' vroeg Elena.

'Ik kijk een beetje om me heen,' antwoordde Doni.

Ze reden nog een stukje verder, bijna tot aan het eind van de weg. Bij het volgende stoplicht zag Doni dat de straat plotseling afboog naar rechts. Elena knipte de richtingaanwijzer aan, reed een zijstraat in en vond meteen een parkeerplaats.

'Komt u maar,' zei ze, 'het is hier vlakbij.'

Doni pakte zijn aktetas, maar besloot die achter te laten in de kofferruimte. Terwijl het meisje de auto afsloot, bekeek hij zich in de spiegeling van het raampje: grijs streepjespak, donkere stropdas.

Ze staken over en liepen een meter of vijftig weer de Via Padova in. Elena hield halt voor een pand dat niet veel verschilde van de andere daar: bruingelig, de gevel vervallen. De middelste rij vensters had marmeren balkons; op een daarvan zag Doni een driewieler, twee planken en een beddenspiraal op een hoop gegooid.

Naast de huisdeur was een piepklein cafeetje met twee terrastafeltjes ervoor. Aan een van die tafeltjes zat een man van Doni's leeftijd, zijn snor grijs en een baseballpetje op zijn hoofd. Ze keken elkaar kort aan, waarna de man zijn ogen neersloeg en ze weer op zijn glas richtte.

Met een lachend gezicht zei Elena iets in de deurintercom. De deur sprong open en ze gebaarde Doni naar binnen te gaan.

De binnenplaats deed Doni denken aan zijn kinderjaren, aan het huis op de Piazzale Susa: een grote open plek die was bestraat met klinkers en een enorme groene metalen deur in de rechterhoek. Aan de andere kant was, als een stug volhoudend relict uit een voorbije tijd, nog een ongeplaveid stukje terrein. Vijf jongetjes, allemaal donker van huidskleur, renden er achter een bal aan, waarbij ze grote wolken zand deden opstuiven. Een geheel in het wit geklede vrouw wuifde zich koelte toe met een stuk krant. Op het trappetje naast de portiersloge – leeg, het raam kapot – namen twee jongens in korte broek steeds trekjes van dezelfde sigaret.

Elena en Doni gingen via het eerste trappenhuis naar de derde verdieping, waar ze naar rechts afsloegen. Het was typisch zo'n flatgebouw van een Milanese buitenwijk: allemaal woningen aan een gemeenschappelijke buitengalerij, die om de binnenplaats heen liep. Ooit woonden er arbeiders, tramconducteurs, Zuid-Italianen, de kleine mensen die het land hadden gemaakt tot wat het was. Nu was het hier helemaal overgenomen door buitenlanders.

Doni raakte buiten adem en legde een hand op zijn milt.

'We zijn er,' zei Elena.

Weer ging er een deur open. In de deuropening verscheen het gezicht van een vrouw.

12

De vrouw met de hoofddoek liet hen plaatsnemen op de bank. Ze was nog vrij jong, een jaar of dertig, en had een mooi rond gezicht. Doni wist niet of hij haar een hand mocht geven, dus hield hij het maar bij glimlachen. Elena deed hetzelfde.

De vrouw liep weg, deed water en suiker in een pannetje en zette dit op het vuur. Daarna draaide ze zich weer om en zei dat de mannen er zo aan kwamen. De ene was in de badkamer en de andere lag even op bed om wat uit te rusten van het werk. Toen liep ze weg, de gang achter hen in.

Elena zei niets. Doni keek om zich heen. Bijna alle meubels waren van plastic. Een witte tafel zoals je die wel zag bij bars in de openlucht, met daaromheen vele stoeltjes in allerlei kleuren. Een klein kastje, aftandse spullen in het open keukentje, een brommende koelkast. De bank waarop ze zaten was bedekt met een rood laken zonder borduursels.

Doni begreep dat het de armoedigheid was die hem in dit huis een ongemakkelijk gevoel bezorgde. Niet het onbekende, niet omdat ze hier anders leefden dan hij gewend was, niet de eventuele problemen bij de communicatie, en eigenlijk ook niet het absurde van de hele situatie, dat hij meer dan alles had gevreesd.

Hoelang was hij al niet in aanraking geweest met echte armoede? Natuurlijk, tijdens zijn werk was die wel eens voorbijgekomen, maar het was al heel wat jaren geleden dat hij voor het laatst deze lucht had geroken: uien en stof, drogend wasgoed en oud papier. Schaamte bij hem en bij wie hem hier hadden ontvangen, zijn gloednieuwe stropdas en het kapotte deurtje van die kast daar. Hij wreef zijn handen over elkaar en voelde dat ze bezweet waren.

Toen de vrouw na een paar minuten terugkwam, kookte het water. Uit een bus nam ze iets wat volgens Doni groene thee moest zijn en strooide daarvan vier lepeltjes in het water. Daarna draaide ze de gasvlam laag en keerde zich weer naar haar gasten, een glimlach op haar gezicht.

Op dat moment kwamen de twee mannen de kamer binnen. De ene was nogal dik, en helemaal kaal. Doni werd meteen getroffen door zijn ogen: grijs, diep teruggetrokken in hun kassen, uitgeput. De andere was lang, zeker een meter vijfentachtig, mager en zenuwachtig. Telkens streek hij even over zijn snor.

De mannen pakten twee van de gekleurde stoeltjes en kwamen voor Doni en Elena zitten. De vrouw had intussen het gas uitgedraaid. Uit een kommetje dat op het aanrecht stond pakte ze een paar blaadjes munt en versnipperde die in vier glazen. Ze schonk de thee in, zette de glazen op een dienblad en liet hen er allemaal een nemen. Elena bedankte haar in het Arabisch, waarop de vrouw haar opnieuw een glimlachje toezond. Toen liep ze de gang weer in.

'Ik heet Tarek,' zei de lange man. 'Hij hier is mijn neef Riadh. Riadh spreekt niet zo goed Italiaans, sorry daarvoor. Ik zal vertalen.'

'Dat is geen probleem, hoor,' zei Doni meteen.

Tarek keek hem aan zonder duidelijke uitdrukking op zijn gezicht en zei: 'Je bent hier dus gekomen om over Khaled te praten.'

'Ja,' kwam Elena ertussen. 'Meneer Roberto werkt bij de rechtbank. Hij wil Khaled verdedigen.'

Doni deed zijn mond open maar zei niets. Tarek knikte een paar keer, ook zwijgend. Riadh pakte zijn glas thee en nam luidruchtig een slok. Hij leek niet veel belangstelling te hebben voor wat er gebeurde.

'Ik zal jullie vertellen wat ik weet,' begon Tarek weer. 'Maar ik wil hier geen politie en dat soort dingen. Oké?'

'Natuurlijk,' zei Elena. Ook Doni knikte.

'Dan zal ik jullie vertellen wat ik weet, want dat is goed, maar geen politie. En jij moet beloven dat je niks over mij doorgeeft.'

'Dat beloof ik,' zei Doni.

'Zo hadden we het ook afgesproken,' bracht Elena hem in herinnering. 'Precies zo.'

Tarek zweeg weer. Uit een andere kamer klonk het geschreeuw van een kind, of misschien wel van twee, en daarna de stem van de vrouw: helder, zacht, lief. Een klarinet, dacht Doni. En bij die stem voegde zich nu nog een andere, die van een meisje: een viool.

'Khaled is een goeie jongen,' ging Tarek verder. 'Hij heeft niks te maken met die mensen. Hij werkte samen met mij en mijn neef en hij heeft nooit iemand last gegeven. We gingen altijd samen naar de bouwplaats. De baas komt ons allemaal ophalen. We wachten 's morgens vroeg buiten op straat, hier dichtbij. Ook Khaled stond daar altijd met ons te wachten, ook al had hij een vaste baan en kunnen wij alleen maar af en toe werken. We roken een sigaret samen, we praten. Soms nam hij iets te eten voor ons mee, als ontbijt. En op het werk deed hij alles wat hij moest doen. Stenen, kalk, ijzer, alles. Hij praatte met mij, met Riadh, hij praatte met iedereen en hij was altijd aardig. Nooit wapens gebruikt. Nooit. Khaled heeft niemand pijn gedaan. Dat is onmogelijk. Hij is het niet geweest, zeker niet.'

Weer viel er een stilte. Elena wendde zich met een flauw glimlachje naar Doni, die de neiging om ervandoor te gaan moest onderdrukken en zijn best deed zich professioneel te blijven opstellen.

'Goed. Mag ik jullie een paar vragen stellen?' vroeg hij.

'Ja,' zei Tarek.

'Hoelang wonen jullie al in Italië?'

'Ik vijf jaar. Mijn neef acht maanden.'

'Hebben jullie een verblijfsvergunning?'
Tarek keek naar Elena.
'Maak je geen zorgen,' zei ze. 'Nee, die hebben ze niet.'
'Nee,' zei Tarek.
'Hoelang kennen jullie Khaled al?'
'Een jaar ongeveer. Eerst werkte ik daar niet.'
'Waar niet?'
'Bij Marco, de man die ons steeds werk geeft.'
'Die voorman over wie ik u vertelde,' kwam Elena ertussen.
'En hoe gaat het tussen jullie en die man?' drong Doni aan.
'De baas? Dat is een goeie.'
'Heeft hij jullie altijd betaald?'
'Altijd.'
'En werd Khaled ook betaald?'
'Altijd. En hij heeft z'n vergunning, hij heeft vast werk, dat heb ik al gezegd.'
'Maakte hij op jullie een ongeruste indruk, de dagen voordat het gebeurde? Dat hij een of ander probleem had, iets vreemds?'
'Nee, nee... Geen probleem, helemaal geen probleem. Niks.'
'Heeft meneer Riadh misschien nog iets toe te voegen? Kunt u dat aan hem vragen?'
Tarek zei kort iets in het Arabisch tegen zijn neef. Die ging rechtop zitten, knikte een paar keer en maakte een horizontale zwaai met zijn hand.
'Hij zegt hetzelfde als ik,' zei Tarek. 'Helemaal geen probleem.'
Doni knikte. 'Goed. Zagen jullie hem ook wel eens buiten het werk?'
'Wie?'
'Khaled.'
'Soms. Hij woonde verderop in de Via Padova.' Hij gebaarde in zuidelijke richting.

'Ja. En wat voor indruk maakte hij op jullie, buiten het werk?'

'Dezelfde.'

'Kenden jullie ook zijn zus? Hij heeft toch een zus?'

Tarek schudde zijn hoofd. 'Hij praatte wel eens over haar, maar we hebben haar nooit gezien.'

'Heeft hij jullie wel eens drugs aangeboden?'

'Nee, drugs, nee, nee.'

'Heeft hij wel eens gedeald, volgens jullie?'

Tarek glimlachte geforceerd en Doni voelde opeens de hand van Elena op zijn arm.

'Weet ik niet. In het begin zijn er veel die dealen. Wat moet je anders? Maar nu was alles voor hem in orde. Waarom dan drugs? Hij had werk, hij had een vergunning. Alles in orde.'

'Kunnen jullie een alibi leveren voor Khaled, voor de avond van het delict?'

'Dat begrijp ik niet.'

Doni zocht andere woorden. 'Weten jullie waar Khaled was op de avond van die beroving?'

'Nee.'

'Hij zegt dat hij met een vriend in een bar was, maar hij geeft de naam van die vriend niet. Hebben jullie een idee wie dat kan zijn?'

'Nee, sorry.'

'Dan zijn er dus geen bewijzen.'

'Die zijn ook niet nodig.' Tarek leek zich op te winden. 'Een goeie jongen doet dat soort dingen niet. En Khaled heeft niks gedaan. Vraag maar aan iedereen, aan iedereen. Vraag maar overal, vraag maar aan de mensen van de bouwplaats, aan de baas. Vraag maar aan iedereen. Wij Arabieren zijn niet allemaal slecht, weet je dat?'

'Dat weet ik heel goed,' zei Doni. Hij voelde een druppel zweet aan het puntje van zijn neus hangen. 'Kennen jullie niemand die voor Khaled kan getuigen, die kan zeggen waar hij die avond was?'

'Zou niet weten.'
'Goed. Nog een laatste vraag. Jullie zijn Tunesiërs, toch?'
'Ja.'
'Wat voor werk deden jullie in Tunesië?'
'Ik was leraar wiskunde. Mijn neef repareerde schoenen.'
'Leraar wiskunde?'
'Ja.'

Doni kneep zijn ogen even dicht. Toen stond hij op en gaf beide mannen een hand. 'Bedankt, ik wens jullie succes met alles,' zei hij.

13

Elena zette de auto stil bij een benzinestation, tien meter voor een viaduct. Ze liet de motor lopen. Een stukje verderop reed een oude man op de fiets, zijn ellebogen wijd uiteen, alsof het vleugels waren. Het was donkerder geworden.

'Zal ik u naar huis brengen?' vroeg de journaliste.

'Dat is niet nodig,' zei Doni terwijl hij op zijn horloge keek. 'Maar misschien kunt u me naar een metrohalte hier dichtbij brengen.'

Elena zocht in haar tas en pakte haar mobieltje eruit. Ze wreef met haar duim over het schermpje, alsof ze er het stof wilde afhalen, en stopte de telefoon toen weer terug.

'Nog één ding,' zei ze. 'Als u het niet erg vindt... Ja, als u het niet erg vindt, zou ik u de Via Padova graag even lopend laten zien.'

'Pardon?'

'Ja. Ik zou graag even met u tot aan het Piazzale Loreto willen wandelen. Dat is hoogstens een kwartier. Alleen maar om u een beetje deze straat te laten zien, en de mensen hier. De sfeer.'

Doni was heel moe, en het idee dat hij zich op het verkeerde moment op de verkeerde plaats bevond begon zich steeds sterker op te dringen. Het was al iets lichamelijks geworden, een alarmsignaal dat hij in de klieren van zijn keel voelde en dat hem naar huis wilde drijven: mijn vrouw wacht op me, ik moet nog eten.

'Daar zie ik het nut niet van in,' zei hij.

Elena zocht haar toevlucht tot een lachje. 'Laten we zeggen dat het is om het onderzoek te completeren.'

'Er is geen sprake van een onderzoek,' zei Doni. 'Die twee hebben niets van belang gezegd, ze bleven er alleen maar op hameren dat Khaled een goeie jongen is.'

'U hebt hun ook niet veel gevraagd.'

'Ze wisten niks, dat was duidelijk.'

'Ze hebben gezegd wat ze wisten.'

'En wat ze weten is nog niet eens het begin van een bewijs.'

Ze legde haar armen op het stuur. 'Ja, dat weet ik natuurlijk ook wel.'

Ze zwegen en keken door de voorruit de straat in.

'In deze buurt,' zei Elena toen, 'gaat veel meer om dan u denkt.'

'Hoe bedoelt u?'

'Wat weet u van de Via Padova?'

Doni spreidde zijn armen. 'Wat iedereen weet. Immigranten, armoede, drugs, busjes van het leger op straat.'

'Precies, dat is wat er in de kranten staat. Maar er is veel meer, meneer Doni. Feiten zijn een sluier, feiten komen en gaan, en eronder vind je het leven van de mensen. Ik ben er in het begin ook ingetuind. Een journalist denkt dat de waarheid begint en eindigt met wat er op een bepaald moment gebeurt. Dat je dat gewoon even moet vertellen en dan je werk hebt gedaan. Maar zo is het niet.' Ze krabde even aan haar wang en keek hem aan. 'Zo is het niet, er is veel meer. Wilt u toch niet even met mij dat wandelingetje maken tot aan Loreto? Dat is echt alles wat ik u vraag.'

Daar wandelden ze dan. Een stap en dan weer een stap. Zoals hij dat altijd had gedaan, in Milaan, in een ander Milaan dat niet dit hier was, toen hij jonger was, toen wandelen betekende: wandelen in het centrum, van het centrum naar de eerste buitenwijken achter de Spaanse Muur, van huis naar de universiteit, en dan weer terug.

Wat er dan wel te zien was begreep Doni pas toen ze ergens ter hoogte van het Trotterpark een vrouw zagen die in het Napolitaans een Chinese jongen stond uit te schelden die haar met zijn fiets op het zebrapad bijna omver had gereden. Twee oude mannen, zo te zien uit Peru, lachten erom. En wat was er nog meer te beleven hier?

De geuren, bijvoorbeeld. Die waren hem tot nu toe ontgaan. Milaan was geen stad voor zintuiglijk genot, niet de vanzelfsprekende omgeving voor een heerlijke wandeling – dat had Salvatori hem ook al vaak gezegd. Milaan had geen smaak, geen geur, het was een stad waar je naar van alles en nog wat misgreep. En dat was precies de reden waarom hij van de stad hield: die wist alles en niets tegelijk te zijn.

Maar de Via Padova onttrok zich aan dat beeld. Ooit was hij met Claudia in Zuid-Frankrijk geweest. Ze hadden rondgereisd tussen Marseille, Montpellier, Perpignan en Toulouse. Meer nog dan aan al het moois dat er te zien was, hadden ze zich gelaafd aan de geuren. Het was daar alsof ieder zuchtje wind een heel eigen aroma met zich mee voerde, alsof in elke molecuul zuurstof een zaadje verborgen zat. En waar hij nu liep was het niet veel anders.

Hij zag hoe een Marokkaan, of een Algerijn, zijn T-shirt uittrok om met een andere man op de vuist te gaan. In de frisse avondschemer leken de twee lijven te glanzen, één en al bruisend leven sprak eruit. Om de vechtersbazen heen vormde zich een kluitje toeschouwers, maar de meeste mensen keken even wat er gaande was en liepen vervolgens door. De twee mannen stonden borst tegen borst en gaven elkaar om beurten een duwtje, waarna ze bleven wachten hoe de ander zou reageren. Elena en Doni waren hen al voorbij gelopen en Doni moest zich omdraaien om het te volgen. Een straatscène als een altaarstuk. Waar was de politieauto gebleven die hij eerder had gezien?

Ze liepen verder. Bij de rotonde stond een auto te wachten waaruit harde muziek schalde. Drie Zuid-Amerikanen in een kringetje deelden een fles Heineken. Er was ook een vrouw bij, die een beetje stond te dansen. Ze draaide even met haar dikke buik en barstte toen in lachen uit. Een oude man liet zijn hond uit. Twee meisjes zaten voor een wasserette te roken en keken naar de lucht.

Hij moest aan zijn nicht Lara denken. Op haar tweeënvijftigste moest die medicijnen gaan slikken tegen angst. Opeens was ze bang geworden voor andere mensen, voor wie dan ook. Het had haar grote moeite gekost om het te accepteren, omdat ze altijd een doodnormaal leven had geleid. Ze was secretaresse bij een bank, getrouwd, drie kinderen. Van de ene dag op de andere had ze die angsten gekregen. Het kwam door de mensen, zei ze, al die mensen in Milaan. Duidelijker wist ze het niet uit te leggen, de precieze woorden ontbraken haar. En dus maar aan de angstonderdrukkende medicijnen. Later was het weer overgegaan.

Een kebabtent, een paar rode tafeltjes voor de deur, een man die onder de plastic luifel een waterpijp zat te roken. Schalen boordevol vlees en kruiden, thee in glazen. De slager ernaast riep iets in het Arabisch naar de baas van de tent.

Een Zuid-Amerikaans restaurant met Chinese bediening.

Een kleine Bengalese supermarkt. Binnen was de man van de kassa bezig met een kist groente. In de schrale verlichting van een gelige neonreclame zag Doni het rood van paprika's naar voren springen. Verder maar weer.

De gevels van de huizen zagen eruit alsof ze waren aangetast door bijtend zout, en de balkons leken nooit te worden gebruikt, maar het was verval met een zekere waardigheid. De hele omgeving hier had een eigen karakter. Doni zag het Paleis weer voor zich; dat bevond zich dus in dezelfde stad als deze buurt hier.

Aan de linkerkant van de straat nog een kleine supermarkt. Drie jongens zaten voor het etalageraam, en op een bepaald moment reikte de man van de winkel hun drie blikjes bier aan. Doni begreep eerst niet hoe dat kon, maar zag toen dat het raam kapot geslagen was; er wás helemaal geen raam. De winkeleigenaar verkocht zijn waren direct aan de mensen op straat.

Toen ze bij het Piazzale Loreto waren aangekomen, verplaatste Doni zijn tas van de rechter- naar de linkerhand om afscheid te kunnen nemen van de journaliste. Ze keek hem aan met dat kinderlachje van haar. Onderweg hadden ze niet meer met elkaar gesproken.

'En?' vroeg ze.

'En wat?'

'Vond u het leuk?'

Doni haalde zijn schouders op. 'Het is anders dan de rest van de stad, dat is zeker.'

'Het is een wereld die je stap voor stap moet ontdekken.'

'Ik heb net een vechtpartij op straat gezien, dat is nou niet echt uitnodigend.'

Ze glimlachte weer, zonder duidelijke reden. 'Oké dan. Misschien krijgen we ooit nog een tweede kans.'

'Geen idee. Maar nu moet ik echt gaan. Tot ziens.'

Ze schudden elkaar de hand.

'Nog één dingetje, meneer Doni,' zei Elena.

'Ja?'

'Wilt u alstublieft jij tegen me zeggen?'

'Waarom dat?'

'Ik voel me ongemakkelijk als u dat niet doet.'

Doni zuchtte. 'Goed hoor, Elena.'

'Dank u, dat is veel beter.'

'Ik moet echt gaan.'

'Ja, natuurlijk. Sorry dat het zo lang heeft geduurd. Maar ik hoop dat het een nuttige avond is geweest.'

Doni dacht even na over wat hij daarop zou kunnen zeggen. Uiteindelijk zei hij maar niets.

'Kunnen we er op z'n minst van uitgaan dat u aan onze kant staat?' vroeg Elena.

Doni keek haar verbaasd aan en zei: 'We kunnen helemaal nergens van uitgaan.'

14

Die nacht sliep Doni weinig en onrustig. Voor het licht was geworden stapte hij al uit bed. Aan zijn vingers voelde hij nog de viezigheid van die bank en van die mensen. Hij had een gevoel van onwerkelijkheid over die malle excursie buiten het Paleis, die op geen enkele manier paste bij zijn taken en bevoegdheden. Die klootzakken...

In zijn pyjama liep hij naar de keuken om een kop Earl Grey-thee te maken. Hij draaide het gas iets te vroeg uit om de ketel niet te laten fluiten, hing het zakje in de beker, en sloot toen zijn ogen.

Een kwartiertje later verscheen ook Claudia. Ze was bezig de ceintuur van haar ochtendjas dicht te knopen.

'Voel je je niet goed?' vroeg ze.

'Ik had allerlei nachtmerries,' zei Doni. 'Ik wilde je niet wakker maken.'

Claudia trok een verbaasd gezicht. 'Nachtmerries waarover?'

'Niet over iets speciaals. Gewoon nachtmerries.'

Ze knikte, ging tegenover hem zitten en keek naar zijn beker.

'Is dat gewone of kruidenthee?'

'Gewone.'

'Wil je wat eten?'

'Een beetje te vroeg nog, misschien.'

Allebei keken ze naar de klok aan de muur, een aardewerken bord met versieringen. Twintig voor zes.

'Een beetje wel, ja,' zei ze glimlachend. 'We kunnen even op de bank gaan zitten en wat muziek luisteren. Wat vind je?'

'Ik vind dat het al een hele tijd geleden is dat we voor het laatst samen muziek hebben geluisterd.'

'Absoluut.'

Claudia koos de *Kinderszenen*, in de uitvoering van Martha Argerich. Doni's gedachten gingen onwillekeurig naar een muzikaal moment van een paar dagen eerder, toen hij hier met zijn wijn en hapjes had gezeten nadat hij de e-mail van Elena Vicenzi had gelezen. Er trok een onprettige huivering door hem heen. Claudia pakte zijn hand.

'Hoe gaat het?' vroeg ze.

'Wel redelijk.'

'Hé,' zei ze, 'sorry dat ik laatst zo vervelend tegen je deed.'

Eigenlijk hadden ze sinds de avond van het etentje bij haar vader en de hoestbuien nauwelijks meer met elkaar gesproken. Doni schudde zijn hoofd en nam een slokje thee.

'Geen probleem.'

'Het spijt me echt.'

'Geen probleem,' zei hij nog een keer.

Ze gaf hem een kus op zijn wang en legde haar hoofd tegen zijn schouder. Doni zag Martha Argerich voor zich terwijl ze in de opnamestudio haar vingers heel licht over de toetsen liet gaan. Al dat talent, al die toewijding, om tien minuten schoonheid tot stand te brengen, om die schoonheid waarachtig te maken en ter beschikking te stellen van wie dan ook, om haar van de ene kant van de wereld naar de andere te zenden zodat ze kon belanden in de huiskamer van een gezapig Milanees echtpaar, hij en zij, een jurist en een consulente, samen oud geworden.

Over en weer gaven ze elkaar een kneepje in de hand.

Doni moest aan Elisa denken. Hij had haar graag een foto gestuurd van dit moment, een foto waarop alleen maar een beetje schemerig hun silhouet te zien zou zijn: kijk 's, je ouders vinden elkaar nog lief.

'Fijn is het zo,' zei Claudia.

'Ja,' zei Doni, en op hetzelfde moment besefte hij dat hij aan het fluisteren was – alsof ze twee pubers waren die laat thuiskwamen en de moeder van de een of de ander niet wilden wakker maken. Hij fluisterde, besefte hij, om de stilte die er nog heerste niet te verstoren, om de magie van de nacht die ten einde liep niet te verbreken.

Nog even hield het stand. Toen sprong Doni op en beende haastig naar de badkamer.

Hij gooide handen water in zijn gezicht en keek naar de druppels die langs de spiegel naar beneden liepen. Zijn wangen waren uitgezakt en hij had een baard van twee dagen, een grijze baard. Met beide handen pakte hij de wasbak vast.

Idioot, dacht hij. Idioot die je bent.

Weer liet hij water over zijn gezicht en hals stromen, zijn pyjama werd er nat van. Toen hoorde hij Claudia aan de deur kloppen en tegen hem praten. Door het tikken kon hij haar niet goed verstaan.

'Gaat het wel?' vroeg ze.

'Ja, ja. Ik kom eraan.'

'Echt? Je was ineens weg.'

'Ja,' zei Doni weer. 'Het was alleen maar... Ik kom eraan.'

Hij keek nog een laatste keer in de spiegel en verliet de badkamer.

Doni moest de hele ochtend moeite doen zijn hoofd bij zijn werk te houden. Na de lunch besloot hij wat troost te gaan zoeken in de bar van het Paleis.

Het leek daar nog het meest op zo'n stationsrestauratie ergens in de provincie. Een houten inrichting, een brede toog, en te veel mensen die, wriemelend met hun vingers of een sigaret aanstampend op het glas van hun horloge, hun beurt stonden af te wachten. Eigenlijk had Doni het liefst dat dit soort ruimtes helemaal niet nodig zouden zijn in het Paleis. Maar dat waren ze wel, deze kleine haarden van verzet, waar iedereen elkaar opzocht om wat te praten, om weer zichzelf te worden, om net te doen of ze in een heel gewoon kantoor werkten met z'n allen.

Aan een van de tafeltjes die voor de deur in de gang stonden, simpele houten rondjes op een onderstel van metaal, zaten Dellera en Recalcati, twee collega's van het ressortsparket, koffie te drinken. Doni was klaar bij de bar, liep naar hen toe en zette zijn kopje op hun tafeltje. Dellera keek verbaasd op.

'Kijk 's wie we daar hebben,' zei hij.

'Dag Marco, dag Giorgio.'

'Waar had je je verstopt, Doni?'

'Hoezo, verstopt?'

'Nou ja, we hebben je al een hele tijd niet gezien,' zei Recalcati.

Doni haalde zijn schouders op. 'Werk.'

'Ja, wat anders?'

'Hoe gaat het op de computerafdeling?' vroeg Dellera.

'Praat me er niet van.'

'Oké. Hé, iets anders, denk je er wel aan dat we over een week die fantastische lunch met Paoli hebben?'

Doni sloeg tegen zijn voorhoofd.

'Was je mooi vergeten, hè?' lachte Recalcati.

'Ja, dat was ik inderdaad vergeten.'

'Je weet hoe belangrijk dat voor hem is. Als hij je niet ziet daar, gaat-ie moeilijk doen. Waar is Roberto toch, waarom is-ie d'r niet, dat soort dingen.' Hij knipoogde. 'Je moet hem natuurlijk wel te vriend houden, als je ooit nog weg wilt komen uit dit gekkenhuis.'

'Ja,' zei Doni. 'Ik moet het in mijn agenda zetten.'

Dellera kuchte. 'Hé, jongens, het is wel pauze, hoor. We

zouden over voetbal moeten kletsen, niet over Paoli en z'n etentjes buiten de stad.'

'Ja, we zouden het over Juventus moeten hebben,' zei Recalcati.

'Ik zei: over voetbal. Niet over criminelen.'

'Ach, sodemieter toch op!'

'Moet ik je nog een keer vertellen wat ze daar allemaal uitgevreten hebben?'

'Sodemieter toch op!'

'Tuurlijk. Lekker makkelijk, hè, zo'n kampioenschap kopen?'

'En voor de derde keer: sodemieter op!'

Dellera schoot in de lach. Doni dronk zijn koffie op en zette het lege kopje terug op de tafel. 'Wat is die koffie smerig vandaag,' zei hij.

'Nou!' zei Recalcati.

'Ik vind die koffie hier altijd smerig,' zei Dellera.

'Jij vindt alles smerig.'

'Nee hoor. Alleen Juventus.'

'Nu sla ik je dood.'

'Als ik jou was, zou ik dat maffiabestuur van jullie maar doodslaan.'

'Ik wil er geen woord meer over horen.'

'Ik zei: *als ik jou was...*'

'Hou je kop.'

'Waarom? Ben jij er ook eentje van Luciano Moggi of zo?'

'Hou je kop, zei ik. Je weet niet waar je het over hebt.'

'Maar jij en Moggi wel.'

'Ik sla je dood. Echt hoor.'

'Sla me maar dood dan.'

'Ik drink eerst mijn koffie op en dan doe ik het.'

'Dan zal ik nog even geduld hebben.'

Ze lachten allebei. Doni liet hen weer alleen.

De rest van de middag besteedde hij aan het herlezen van het vonnis in eerste aanleg dat over Khaled was uitgesproken. Tegen vijven belde Claudia om te zeggen dat ze niet thuis kwam eten en Doni besloot het avondeten dan maar over te slaan. Hij werkte door alsof er niemand anders op de wereld bestond. Alleen hij met zijn papieren. Hij met zijn computerscherm. Zoals het vroeger was geweest.

Om acht uur stond hij op van zijn bureau. Het bloed klopte in zijn slapen en hij begon aan een lange wandeling door het Paleis.

Eerst liep hij wat op en neer in zijn eigen gang. Neonbuizen die met heel breekbaar ogende draadjes waren opgehangen, maar het toch al dertig of veertig jaar volhielden. Glazen deuren voor de verschillende afdelingen. Hij probeerde om zich heen te kijken alsof hij hier vreemd was, een dolende figuur, een van die verdwaalde stamgasten van het Paleis. Houten deuren voor kamers zoals de zijne, net zulke kamers als je in de universiteit vond, met hetzelfde licht en dezelfde stilte op dezelfde tijden.

Hij ging de trap op. Stof en duisternis.

Nu kwam hij bij de hoogste verdiepingen, het later aangebrachte deel van het Paleis, dat aan de buitenkant zwart was en dat die bouten op de marmeren tegels nodig had gemaakt. De hele constructie werd erdoor met instorten bedreigd, al was dat dan nog nooit gebeurd. Hij kwam niemand tegen. Iedereen was kennelijk al naar huis. Hij stelde zich voor hoe zijn vrouwelijke collega's aan hun partner voorstelden om vanavond eens te gaan eten bij dat nieuwe Koreaanse restaurant om de hoek. Hoe zijn mannelijke collega's een borrel stonden te drinken, of iets anders, om maar even die werkdag kwijt te raken voordat ze weer naar hun vrouw gingen, of naar hun vrijgezellenflat.

Hij stelde zich voor hoe de hartslag van deze hele stad, van zijn Milaan, werd geregeld vanuit dit Paleis. Maar dat mechanisme werkte moeizaam, alsof elk stukje schoonheid en elk stukje verdriet ook onderhevig was aan hogere wetten. Welke waren dat?

Hijgend bereikte hij de bovenste verdieping. Hij trok zijn das wat losser en keek door een raam naar beneden, naar de straat onder hem, naar de diepte onder hem.

15

De eigenaar van de Bagatella, de oude Renato, had strikte opvattingen over de selectie bij de deur. Als je nog al je haar had, of geen colbert droeg, dan was je hoogstwaarschijnlijk niet de juiste persoon voor zijn eetgelegenheid. Heel jammer, vriend. Probeer het 's bij die lawaaiige kroeg een stukje verderop.

Op iets echt speciaals kon de Bagatella niet bogen. Het was een klein tentje in een van de elegante zijstraten van de Via Torino. Geen tv, geen cocktails, een tap voor pils en een paar merken kruidenbitter. Maar het was juist de afwezigheid van allerlei franje – waaraan al tientallen jaren streng de hand werd gehouden – die de zaak bijzonder maakte. De schamelheid hier was met de jaren iets geworden waarmee het restaurant zich duidelijk onderscheidde van de rest. En voor Doni was het een van de weinige plekken waar hij zich echt op zijn gemak voelde.

Nadat hij een glas witte wijn had besteld, haalde hij de papieren tevoorschijn van het andere proces waarmee hij bezig was.

Het werkt aldus. Officieren van justitie bij het ressortsparket regelen hun zaken van maand tot maand. Ze geven door welke andere verplichtingen ze in de komende weken hebben, of dat er misschien een vakantie gepland is. Op basis daarvan krijgen ze hun rechtbankzittingen toegewezen en hun documentatie toegestuurd. Bij die documentatie zit altijd het vonnis in eerste aanleg, met daarbij de redenen voor het hoger beroep. En dan komen er vaak nog allerlei ordners met bijlagen achteraan.

Het vervelende van een hoger beroep, ontdekte Doni meteen nadat hij promotie had gemaakt, was het bemiddelende en hybride karakter ervan. Nieuw bewijs wordt niet meer toegelaten – behalve in echt heel bijzondere zaken – en er wordt alleen gekeken naar wat er op papier staat, meestal naar formele kwesties. Maar anders dan bij het Hof van Cassatie, wordt ook het delict zelf weer tegen het licht gehouden.

Renato zette het glas wijn en een schoteltje pinda's op zijn tafel. Doni nam een slokje en pakte de menukaart.

Het tweede proces was ingewikkelder dan dat van Ghezal, en het verhaal erachter veel beroerder. Een meisje van acht dat was verkracht door haar oom. Ergens in de provincie, in een van die plaatsjes ten zuidoosten van de stad, die aan de snelweg gekleefd lagen als aan de kustlijn van een baai.

Hij controleerde even of hij wel de cd met de opgenomen verklaring van het meisje in zijn tas had. Ooit had zijn broer hem gevraagd hoe hij het in godsnaam kon verdragen om een hele avond, notitieboekje in de hand, te kijken naar een video waarop twee psychologen zaten te praten met een klein meisje over wat haar voor gruwelijks was aangedaan. Het antwoord was eenvoudig: dat kon hij niet verdragen. Hij keek naar zo'n opname, daar hield het mee op. Je bereikt soms een punt waarop feiten weer worden wat ze eigenlijk zijn: feiten. Om te overleven ontdoe je elk feit van zijn betekenis. Alleen de oorzaken zijn dan van belang, alleen de dynamiek van het kwaad, los van alle ethiek.

Doni nam nog een slokje van zijn wijn, die fris en lekker was. Hij keek om zich heen. Behalve hijzelf waren er een vrouw van rond de veertig die een krant zat door te bladeren, en twee oudere mannen, gebogen over een schaakbord. Hij zag eigenlijk nooit meer mensen schaken in de stad. In de jaren zeventig – de tijd van Bobby Fischer – was het spel behoorlijk in de mode geraakt. Om de tafeltjes van bars verdrongen de amateurspelers elkaar, en in het park hadden ze een wekker bij wijze van schaakklok – zonder echt te begrijpen hoe je zo'n apparaat moest gebruiken.

Renato kwam naar zijn tafeltje toe, en tot Doni's verbazing ging hij bij hem zitten. Dat was bepaald niet zijn gewoonte.

'Hoe gaat het met u, meneer Doni?'

'Goed wel, hoor.'

'Werkt u nu ook al als u gaat eten?' Hij wees naar de papieren. Mechanisch pakte Doni ze bij elkaar. 'Ja, dat gaat altijd door.'

'Daar weet ik alles van. Ik werk als andere mensen – behalve u dan – hier komen om van hun rust te genieten. En dan al het andere nog: bestellingen, leveranciers, het papierwerk. Eigenlijk zit ik geen minuut stil.' Hij krabde op zijn hand. 'En daar komt nog bij dat dit nou niet echt een prettige periode is.'

'Is er iets naars met u gebeurd?'

'Niet met mij.' Hij viel even stil en keek rond of niemand hem nodig had. 'Neemt u me niet kwalijk dat ik erover begin, maar mijn zoon is ziek. Ze hebben longkanker bij hem gevonden.'

'O mijn god,' zei Doni.

'Ja.'

'Wat verschrikkelijk. Hoe oud is hij?'

'Vijfendertig. Hebt u ook kinderen, meneer Doni?'

'Ja, een dochter.'

'Nou, dan begrijpt u wel hoe ik me voel.'

Ze zwegen beiden. Doni keek naar de condens van kou op de buitenkant van zijn glas.

'Weet u wat het is?' ging Renato verder. 'Het lijkt wel of het allemaal maar doordendert en alles uit je handen glipt.'

Doni hield zich nog steeds stil en wachtte af of de ander nog meer wilde zeggen. Hij was nooit goed geweest in beuzelpraatjes en had er een hekel aan als mensen – en zeker gereserveerde mensen als Renato – al te vertrouwelijk werden.

'Ja, begrijpt u, het lijkt wel of we altijd alles maar voor piet snot doen. Excuus. Denkt u maar aan dit restaurant: ik maak een hoek schoon, en tegelijk wordt een andere hoek weer vuil, ik schenk wijn in voor u, en iemand anders vraagt me om koffie, dus draai ik me om en maak koffie, maar dan hebt u het glas wijn leeg en moet ik dat ophalen. En zo gaat het maar door, zo gaat het altijd maar door.'

'U zou iemand in dienst kunnen nemen,' probeerde Doni.

Renato keek hem aan alsof hij naar een volslagen gek keek. 'Welnee, dat bedoel ik helemaal niet,' zei hij. En na een moment van stilte vroeg hij: 'Hebt u de oorlog meegemaakt?'

'Nee. Ik ben van eind '44.'

'Ik was wel op tijd om er wat van mee te krijgen. Ik ben in Toscane geboren, weet u, in Pisa. Toen ik vijf was werden we gebombardeerd, en ik weet nog dat mijn vader me op zijn fiets heeft gezet en buiten de stad heeft gebracht, naar Vecchiano, daar woonde mijn oma. Hij is toen weer teruggegaan, want hij moest ook nog een vriend helpen die was ondergedoken. Maar hij heeft het niet gered. Een uur nadat hij me naar mijn oma had gebracht, is er een bom op ons huis gevallen. En dan vraag je je altijd af: waar zouden die bommen toch gaan vallen? En dan denk je: ergens, maar er is zoveel ruimte dat het wel heel raar moet lopen als net ik er een op m'n kop krijg. Maar mooi dat het precies zo is gegaan. Je denkt altijd dat bommen op straten terechtkomen, net als in de film, met zo'n stoep die de lucht in gaat en mensen die allemaal wegrennen. Maar niet op een huis. Toch heeft mijn vader hem recht op z'n dak gekregen, en alles was verwoest, mijn kamertje, hun spullen, alles. Mijn moeder is toen naar Milaan verhuisd, naar haar zus, en ik ben verder hier opgegroeid, in de Ortica-buurt. Nog een echt Milanees accent gekregen ook.' Hij knikte een paar keer en wreef even over zijn neus. 'Geen idee waarom ik u dit allemaal vertel.'

'Absoluut geen probleem, natuurlijk,' zei Doni.

Renato keek hem aan. 'Hebt u het idee dat de wereld beter is geworden?' vroeg hij.

'Hoe bedoelt u?'

'Gewoon, in het algemeen. Sinds uw kindertijd.'

'Tja, dat is geen makkelijke vraag, hoor.'

'Dan zal ik het u zeggen. Het antwoord is nee. De wereld is geen spat beter geworden, en iemand zoals mijn vader, die je op de fiets zet en je wegbrengt en dan in z'n eentje teruggaat naar de bommen en opeens hartstikke dood is – dat soort mensen vind je nergens meer.'

Doni knikte voorzichtig. 'En wat wilt u daarmee dan zeggen?' vroeg hij.

'Wat ik wil zeggen, geen idee, er valt helemaal niks te zeggen. Maar wat heeft het voor zin een kind op de wereld te zetten als dat later kanker krijgt, als je dat niet kan oppakken en redden van de bommen?'

'Oké. Maar wat voor zin heeft het dan om überhaupt nog iets te doen?'

'Precies. Wat heeft nog zin? Zo is het.'

Doni glimlachte. 'Nog even en u bent een filosoof, Renato.'

De man zwaaide afwerend met zijn hand en vertrok zijn gezicht. 'Nee hoor. Ik ben alleen maar erg oud.'

De deur ging open en er kwam een vrouw binnen met een bolhoed op en een zonnebril uit de jaren zeventig. Renato duwde zich aan het tafeltje omhoog en stond op.

'Ik vind het echt heel erg, dat van uw zoon,' zei Doni.

'Ja,' zei Renato. 'Ik weet het.'

16

De volgende ochtend tegen kwart over elf belde hij Elena. Hij had een post-it op zijn deur geplakt waarop hij meldde dat hij tien minuten afwezig was, maar iemand zou zijn stem kunnen horen, en er was eigenlijk niets om geheimzinnig over te doen. Hij haalde het plakbriefje weg, pakte de telefoon en toetste haar nummer. Na één keer overgaan nam ze al op.

'Met Vicenzi,' klonk het.

'Ja, goeiendag. Met Roberto Doni.'

'Hallo! Wat fijn dat u belt. Hoe gaat het met u?'

'Goed. Met u?'

'Ook wel goed, ik werk aan een artikel. Hadden we niet afgesproken dat u jij tegen me zou zeggen?'

Doni knikte tegen niemand. 'Ja, je hebt gelijk.'

'Bent u van mening veranderd over de zaak van Khaled?'

'Voor een deel,' zei Doni.

'En dus?'

Hij duwde even met de hoorn tegen zijn voorhoofd. 'We hebben niets in handen. We kunnen niets beginnen als je niet met iets concreets komt.'

'We moeten met Khaleds zus gaan praten.'

'Heeft zij dan iets?'

'Weet ik niet.'

'Dat weet je niet. Elena, ik ben een officier van justitie en ik heb heel duidelijk omschreven taken. Verplichtingen, verantwoordelijkheden. Het raderwerk van het recht zet zich in dit land heel langzaam in beweging, maar als het eenmaal draait moeten we erin meegaan. Als er geen mogelijkheid is om zelfs niet voor mezelf de onschuld – nee, laten we zeggen: de vermoedelijke onschuld – van Khaled aan te tonen, dan is er echt niets te doen. Ik geloof niet in wonderen.'

'En waarom bent u er dan toch zo mee bezig?'

'Ik ben helemaal nergens mee bezig,' zei Doni. 'Maar wat ik doe wil ik goed doen.'

Er viel een stilte.

'Als u zaterdagmiddag even tijd heeft, zouden we naar Khaleds zus kunnen gaan. Dan kunt u haar uw vragen stellen.'

'Ik weet het niet hoor.'

'Denkt u erover na en laat u me dan alstublieft iets weten. Maar voelt u zich niet verplicht.'

'Dat is goed.'

Nadat hij had opgehangen, ging hij aan het werk met het vonnis over de verkrachting. Hij stopte de cd met de ondervraging door de psychologen in zijn computer en beluisterde hem nog eens via zijn koptelefoon. De oom had zich met het meisje opgesloten in de badkamer, waar hij had gedaan wat hij zo graag wilde. Vervolgens had hij met dreigementen geprobeerd te voorkomen dat het meisje iets tegen haar moeder zou zeggen, een gescheiden en alleenstaande vrouw. Maar dat had het kind toch gedaan. Opnieuw bevestigde Doni voor zichzelf dat het meisje een heel coherente reconstructie had geleverd en weer vergeleek hij haar verklaring met de gegevens in het vonnis in eerste aanleg.

Wat later belde Salvatori om te vragen of hij zin had om met hem te gaan lunchen, maar Doni sloeg het af. Salvatori vroeg of dat geval van die corrupte politiemensen misschien nog speelde, of hij nog kwaad op hem was, maar Doni ontkende dat. Hij had alleen maar behoefte om op zichzelf te zijn. Aan Salvatori's stem hoorde Doni dat hij opgelucht was.

Vijf minuten later ging zijn telefoon opnieuw. Deze keer

was het Paoli, de hoofdofficier van justitie. 'Doni, luister even,' zei hij, 'volgende week donderdag is er in Rome een congres over waarheidsvinding en feitenonderzoek. Ik wil graag dat jij daarheen gaat. Ben je vrij dan?'

'Donderdag?' Doni keek in zijn agenda. 'Ja, dan heb ik geen zitting.'

'Heel goed. Ik weet dat het een heel gedoe is, eigenlijk moest ik er zelf naartoe, maar ik kan niet, en er moet wel iemand uit Milaan bij zijn natuurlijk.' Hij kuchte. 'Het gebruikelijke werk. Even een vlucht boeken, lekker eten in een restaurant daar. Maak er een leuke avond van. Afgesproken?'

'Afgesproken, excellentie.'

De oude man gaf dan wel voor democratisch ingesteld te zijn, maar hij vond het erg prettig om met excellentie te worden aangesproken.

'Uitstekend. Je weet dat ik een grote hekel heb aan dat soort dingen.'

'Zeker weet ik dat.'

'Zie het maar als een plezierreisje.'

'Zal ik doen.'

'O ja, en vergeet onze lunch volgende week niet, hè!'

Doni hing op. Hij ging naar de bar beneden, kocht een mueslireep en een flesje water, en liep weer terug naar zijn kamer. Etend keek hij door het open venster naar de mensen in de Via Manara. Vanaf deze plek kon hij ook de bouten op de tegels zien. Met zijn hand bevoelde hij er een vlak naast zijn raam. Het ding was ruw. Het was een bout.

Na zijn lunch belde hij Claudia en stelde haar vóór om voor het eten van die avond wat kant-en-klare hapjes te halen bij de luxe traiteur Peck. Ze vond het een heel goed plan. De laatste dagen klonk haar stem opgetogener dan normaal.

Toen klikte hij het bestand 'Testament' weer open. Hij paste twee zinnen aan en voegde een nieuwe beschikking toe: al zijn platen en cd's moesten worden gedoneerd aan de Sormani-bibliotheek, zodat ze publiekelijk beschikbaar zouden worden. Dat leek hem een menslievende daad. Eigenlijk moest hij zoiets vaker doen, dacht hij, en hij ging weer aan het werk.

Vroeger dan hij gewend was stapte hij het Paleis uit. Het daglicht was nog fel en de lente leek op het punt te staan te verkleuren tot zomer.

Doni liep de Corso di Porto Vittoria door en ging van daaruit links de Via Gaetano Donizetti in, waar hij een kapperszaak binnenstapte. Die had hij een paar jaar eerder ontdekt, en hij was er vaste klant geworden. Hij vond het prettig zich te laten scheren. Hij genoot van de warme handdoek en van het geluid van de stromende kraan. De kapper schoor hier nog – met de haartjes mee én ertegenin – met een ouderwets lang scheermes, niet met zo'n ding waarbij het mesje bijna helemaal verdwijnt in de metalen houder. Het scheermes raspte bij elke haal en Doni deed de hele tijd niets anders dan zich concentreren op dat geluid.

Met een fris naar eau de cologne ruikend gezicht liep hij terug naar de Corso Monforte en ging in de Via Vivaio een piepklein cd-winkeltje binnen. Al een maand hing daar een bordje met OPHEFFINGSUITVERKOOP achter het etalageraam. De eigenares was een vrouw van een jaar of veertig met een grote zwarte plastic bril op haar neus. Vlak bij de deur zat ze met een laptop voor zich aan een bureautje. Daarop beschreef ze cirkels met haar muis.

Bij de afdeling klassieke muziek vond Doni een uitvoering van de laatste drie pianosonates van Beethoven die hij nog niet bezat. Ook de musicus, een jongeman met een Oost-Europese naam, kende hij niet.

Hij moest denken aan de keer dat hij sonate nr. 32 aan Colnaghi had laten horen. Op een bepaald punt van het tweede deel had deze gezegd: 'Nou zeg, dit is gewoon swing!' Colnaghi had niet veel verstand van muziek, maar die uitspraak was Doni bijgebleven. Elke keer dat hij daarna die passage van de sonate beluisterde, raakte hij er meer van overtuigd dat zijn vriend gelijk had gehad. Het is een moment waarop Beethoven opeens honderd jaar in de tijd vooruit springt en het golvende ritme zomaar verbreekt met een syncope. Het was ongelooflijk, en nog ongelooflijker was dat het Colnaghi – die van hogere muziek eigenlijk niets wist – moest zijn om er hem op te wijzen.

Hij kocht de cd en begaf zich op weg richting centrum, maar hij was moe en zijn benen voelden zwaar. Nadat hij een taxi had genomen, besefte hij – te laat – dat ze vast zouden komen te zitten in het avondverkeer. Maar hij bewaarde zijn geduld en bereikte, tegen betaling van een absurd hoog bedrag, toch nog de Via Orefici.

Hij ging Peck binnen en slenterde er wat rond. Iedereen in Milaan kende traiteur Peck, of had ervan gehoord. Doni vond het heerlijk om gewoon wat te kijken naar de vleeswaren of de kazen, en dan de zware, deftige geur op te snuiven. Uiteindelijk nam hij wat ganzenleverpastei, een pot kleine champignons in olie, een ons *jamón ibérico* en twee schaaltjes lasagne met dagverse groenten.

Hij ging weer naar buiten. Voor de dom stond een zigeuneraccordeonist een melancholiek stuk te spelen. Publiek had hij niet. Senegalese jongens die gekleurde armbandjes verkochten, stonden te wachten op mensen die van hun werk kwamen, op studenten en toeristen. Hun strategie was altijd dezelfde: eerst gratis aanbieden, en dan alsnog een kleinigheid vragen.

Iets verderop, recht voor de gevel van de kathedraal, stond een gestoorde vrouw druk te prediken terwijl ze een witte doek liet wapperen in de wind. Even leek het een detail van een of ander Vlaams schilderij.

Doni haalde zijn mobieltje tevoorschijn en belde zonder erbij na te denken het nummer van Elisa. Tot zijn grote verrassing kreeg hij haar inderdaad aan de lijn.

'Hé, pap,' zei ze.

'Hé, Eli,' zei hij.

'Hoe is het?'

'Goed. Redelijk hoor. En met jou?'

'Ach ja, je weet hoe het gaat hier.'

'Je studie?'

'Z'n gangetje.'

'En je hebt dus een beurs gekregen.'

'Daar lijkt het wel op, ja. Die eikels wilden me eerst het bos in sturen.'

'Maar het is je toch gelukt.'

'Maar het is me toch gelukt.'

Doni glimlachte tegen niemand. 'Fijn om je even te horen,' zei hij.

'Tuurlijk.'

'Je geeft nooit antwoord op mijn e-mails.'

Het was even stil.

'Ja, maar ik heb het ook zo druk, dat weet je toch. En daar komt nog bij dat de e-mails me nu even m'n oren uit komen. Ik heb de laatste tijd zo vaak moeten schrijven aan dan weer deze en dan weer die instantie, aan dan weer deze en dan weer die hoogleraar, dat ik zo ongeveer dag en nacht voor de computer heb gezeten. Je hebt geen idee wat een martelgang het is om wat geld los te krijgen. Maar uiteindelijk krijg je het dan ook wel écht, daarin zijn ze heel betrouwbaar, heel wat anders dan bij ons in Italië. Maar het is al met al wel een nachtmerrie geweest. Ik had niet eens tijd gewoon het laboratorium in te gaan, of iets te lezen.'

'Ik begrijp het.'

'Het harde leven van de academicus.'

'Zeker.'

'En ik ben ook heel moe. Dat Bloomington is eigenlijk een stad zonder karakter. Soms heb ik het gevoel dat er buiten de campus helemaal niets is, leegte, dat de wereld eindigt zodra je hier naar buiten gaat. Om die beurs te vieren zijn Sarah en ik naar Chicago geweest. Dat is nou wel een echte *place to be*, heel wat anders dan Indiana.'

'Kan je daar niet gaan werken dan?'

'Ben je mal! Dacht je dat ze daar op me zitten te wachten? Ik heb hier al veel geluk gehad.'

'Maar jij hebt iets te bieden. Je bent iemand die wat ze doet, goed doet.'

'Ach pap, dat maakt allemaal geen verschil, dat heb ik je al zo vaak gezegd. Je moet je aanpassen en pakken wat op je pad komt. En er zijn hier veel mensen die meer te bieden hebben dan ik, hoor.'

Doni beet op zijn tanden.

'Ik mis je heel erg,' zei hij. 'Wanneer denk je terug te komen?'

'Terugkomen nu ik een beurs heb? Ik moet juist twee keer zo hard aan de slag hier.'

'Oké, maar je kan van de zomer toch wel even overwippen?'

'Wie weet.'

Doni zuchtte.

'Hé pap, ik ga je hangen, Sarah is thuisgekomen. En nog wat: als je me op deze manier belt, op de mobiel, betalen we ons allebei blauw.'

'Wat maakt dat nou uit!'

'Ik zeg het alleen maar even. We kunnen elkaar beter spreken via Skype, als jij tenminste Skype zou kunnen gebruiken. Vraag mama om het je uit te leggen.'

'Je zou kunnen beginnen met antwoord geven op mijn e-mails.'

'Oké, oké. Je hebt gelijk. Maar nu moet ik echt ophangen. Groetjes aan mama, ja? En niet te veel drinken jij, dat is slecht voor je lever.'

'Is goed. Ik hou van je.'

'Daaag!'

Elisa verbrak de verbinding. Doni schrok op van een claxon. Terwijl hij zijn mobieltje wegstopte, zag hij dat hij midden op de taxistandplaats stond. Een klein jongetje dat aan de hand van zijn moeder liep, wees naar hem en lachte.

17

Zaterdagmiddag tegen zes uur stond Doni, te midden van een groepje immigranten, te wachten bij de eerste halte in de Via Padova. Toen bus 56 arriveerde, stapte hij tussen het gedrang in en vond een piepklein plaatsje waar hij kon staan. Het stonk in de bus en iedereen was druk aan het praten, met iemand anders of in een mobieltje. Behalve hijzelf en een oude man met een pet op, was er geen enkele Italiaan.

Doni stopte zijn portemonnee in een voorzak van zijn broek en trok zijn tas dicht tegen zich aan. Voordat hij op pad was gegaan, had hij zich verkleed – maar dat had hij pas gedaan toen Claudia de deur uit was voor haar afspraak bij de kapper. Hij wilde niet door haar betrapt worden in een spijkerbroek en een oud sweatshirt, kleren die hij voor het laatst rond zijn veertigste had gedragen.

Behalve deze werkkleding had hij ook een sporttas van Elisa uit de kast gevist, waarin hij een cassetterecorder, een notitieblok en een pen had gestopt. Niet dat hij voorzag die ook echt te gaan gebruiken, maar hij was zo gewend aan het dragen van zijn aktetas dat hij zich ongemakkelijk voelde bij het idee de stad in te gaan zonder iets in zijn hand.

Een Zuid-Amerikaan keek hem even indringend aan. Doni sloeg zijn ogen neer. Bij de volgende halte kwamen er weer mensen bij, en de stank leek nog wat erger te worden.

Zoals hij het een paar uur eerder met Elena had afgesproken, stapte hij uit bij de zesde halte, Padova Bengasi. Toen hij weer op de stoep stond, merkte hij dat hij de tas nog steeds stijf tegen zich aan gedrukt hield. Hij zuchtte diep en sprak met zichzelf af dat deze tweede keer de laatste keer zou worden; het was mooi geweest zo.

Toen Elena opeens zijn arm aanraakte, maakte zijn rechtervoet een sprongetje.

'Dag,' zei de journaliste. 'Het lijkt erop dat ik u steeds maar aan het schrikken maakt.'

'Ik had niet gezien dat je eraan kwam.'

'Ik ben hier al een tijdje.'

'Hoe gaat het?'

'Goed hoor. Met u?'

'Ook goed.'

Elena glimlachte een beetje verkrampt en wees toen naar achteren. 'Oké, zullen we dan maar gaan? Het is hier dichtbij, een klein stukje lopen. Khaleds zus zit in een parkje op ons te wachten.'

'Niet gewoon thuis?'

'Nee. Ze zegt dat ze dat te gevaarlijk vindt.'

'Goed dan.'

'Ze heet Yasmina,' zei Elena.

Ze sloegen rechtsaf en liepen toen een meter of honderd rechtdoor. Daar verbreedde de straat zich tot een plantsoen met grind, de rijweg ernaast. Het stukje groen werd omgeven door bruine flatgebouwen. Op de bankjes zaten hier en daar wat mensen te luieren. Twee schommels. Een parkeerplaats. Doni las het straatnaambordje: Largo Tel Aviv.

Meteen toen ze op het grind stapten, stond er een meisje op van haar bankje. Misschien kwam het door de voornaam die hij had gehoord, in ieder geval had Doni een mooie, misschien wat mistroostige jonge vrouw verwacht. Maar de zus van Khaled was klein, lelijk en onopvallend. Toen ze tegenover elkaar stonden, constateerde Doni met afkeer een grote moedervlek in haar hals. Haar lichtbruine huid was getekend door littekens die de acne had achtergelaten.

'Meneer Doni, dit is Yasmina. Yasmina, dit is meneer Doni.'

Hij schudde haar de hand en moest een gevoel van weerzin onderdrukken. Ze knikte alleen maar, met een flauwe glimlach rond haar lippen.

'Zullen we gaan zitten?' vroeg ze.

'Laten we gaan zitten,' zei Doni.

Yasmina nam plaats tussen hen tweeën in. Elena legde zachtjes een hand op haar pols en nodigde haar uit haar verhaal te doen.

'Mijn broer heeft niets gedaan,' begon ze. Ze sprak een glashelder Italiaans, bijna zonder accent. Ze keek Doni aan, die knikte zonder iets te zeggen. 'Khaled en ik zijn hier vier jaar geleden aangekomen. Onze moeder was dood, onze vader had geen werk, en onze oudere broer zat in de gevangenis, omdat hij had gevochten met de politie. In Tunesië kan de politie met je doen wat ze maar willen. Op een dag werd hij aangehouden, ik weet niet waarom, hij werd boos, ze hebben hem geslagen en beschuldigd en in de gevangenis gezet. Toen zei Khaled tegen mij: we moeten hier weg. En papa dan, vroeg ik. Die kan bij onze oom blijven, zei Khaled. Maar wij moeten hier weg. Ik wist dat het niet waar was, dat onze oom hem maar een paar dagen in huis zou nemen en hem dan zou wegsturen, en dat we ons huis voor altijd kwijt zouden zijn en dat mijn oudere broer niemand meer zou terugvinden als hij uit de gevangenis kwam. Maar wat kon ik zeggen? Ik was pas achttien jaar.

Khaled had al wat geld gespaard en heeft toen nog een maand dag en nacht gewerkt om nog meer bij elkaar te krijgen. Hij is gaan praten met de mensen van de haven, en er was daar iemand die een vriend was van mijn oom. We hebben maar de helft hoeven betalen, ik kon eigenlijk gratis meereizen. Op een nacht hebben we onze tassen ingepakt, papa was al bij onze oom, onze broer nog in de gevangenis, en zijn we naar de haven gegaan, en toen nog verder, naar het strand. Daar was een kleine boot, en we waren wel met honderd, misschien nog meer, dat weet ik niet. Iedereen ging erin, en Khaled en ik waren de laatsten. Omdat zijn vriend ons voor de halve prijs liet gaan, mochten we pas als laatsten in de boot stappen, en er was heel weinig ruimte, dus moesten we in een hoekje achterin zitten. Toen ging de boot varen, en het was heel moeilijk om je vast te houden. De zee was rustig, ze zeiden dat we niet bang hoefden te zijn, maar ik was toch bang. We zijn aangekomen op Sicilië, en er is niets gebeurd, alleen een keer een heel hoge golf, en toen is er geloof ik iemand in zee gevallen, iedereen begon te gillen, ik begreep het niet, ik hield me steeds maar vast aan Khaled.

Toen we, ik weet niet, misschien honderd meter van het land waren, riepen ze dat we er allemaal uit moesten, dat we in het water moesten. Wij zeiden nee, nee, jullie zijn gek! Mijn armen waren heel moe, maar ze zeiden alleen maar: eruit, eruit, het water is hier niet diep! En dus zijn we eruit gegaan, maar het water was wel diep en we moesten een stuk zwemmen met onze tassen en koffers, en veel mensen gilden, maar het was donker, we konden elkaar niet helpen. Gelukkig had ik Khaled die me meetrok, en we zijn op het strand gekomen, helemaal nat, en met al onze spullen nat, en ik had een tasje met brood dat we nog niet hadden gegeten. En toen ik dat openmaakte was het brood doorweekt en het viel uit elkaar in mijn hand, heel vies. En toen moest ik heel erg huilen, want we hadden niets meer, zelfs geen stuk brood, en we hadden onze familie achtergelaten.

Toen zijn we naar Milaan gegaan. Eerst wisten we niet wat we hier konden doen, waar we naartoe moesten, het was verschrikkelijk. We hebben in een oude fabriek geslapen, in Bovisa, met andere mensen. Geen geld, weinig te eten. Maar toen kreeg Khaled een goeie vriend, een Egyptenaar, en die heeft een huis voor ons gevonden, en voor Khaled werk in de bouw. En Khaled maar werken en werken. Toen kreeg hij zijn verblijfsvergunning. Ik niet, ik moest vluchten naar Frankrijk, naar een vriend van die vriend, die heeft me naar Nice gebracht en mij ook gered. Daarna ben ik weer naar Italië teruggekomen, en nu ben ik hier. En Khaled heeft niets gedaan.'

Het meisje viel stil. Doni zweeg. Een grijze kat stak de straat over en keek even naar hen.

Toen zei Elena: 'Yasmina, misschien moet je iets vertellen over wat je broer die avond heeft gedaan.'

Yasmina keek benauwd. 'Dat mag ik niet zeggen.'

'Waarom mag je dat niet zeggen?'

'Omdat het niet mag.'

Elena pakte haar pols wat steviger vast. 'Yasmina, je vond het goed dat we met je kwamen praten, om je te kunnen helpen. Weet je nog wat je laatst tegen me zei? Dat je het niet meer aankan en dat je hulp nodig hebt? Je moet niet bang zijn.'

Ze knikte een paar keer en zei toen: 'Hij was uit met Mohammed.' Meteen sloeg ze haar handen voor haar gezicht. 'O, dat mocht ik niet zeggen, dat mocht niet!'

'Wie is Mohammed?' vroeg Doni.

'Onze Egyptische vriend, de man die ons heeft geholpen. Hij is Khaled komen afhalen en toen zijn ze samen weggegaan.'

'Waarnaartoe?'

'Dat weet ik niet. Echt niet.'

'Hoe laat kwam Khaled weer thuis?'

'Dat weet ik niet meer. Om één uur, geloof ik.'

In zijn hoofd liep Doni de stukken van het proces door. De overval had plaatsgevonden om halfnegen. 'Hoe laat zijn ze de deur uit gegaan?'

'Weet ik niet meer.'

'Het is heel belangrijk, Yasmina,' zei Elena.

'Rond acht uur, zoiets, halfnegen. Maar ik weet het niet precies. Deze dingen heb ik al tegen de advocaat gezegd.'

Doni keek Elena aan, die haar wenkbrauwen fronste.

'Heeft de advocaat je nog iets anders gevraagd?'

'Nee.'

Doni dacht na. In het vonnis werd geen Mohammed genoemd. Khaled had nooit over Mohammed gesproken, ook al was deze zijn enige hoop op redding. De politie had hem kunnen opsporen om hem een verklaring te laten afleggen. Dat zou Khaleds kansen hebben kunnen verbeteren. Waarom had die gezwegen over Mohammed?

'Mocht jouw broer Mohammed erg graag?' vroeg hij.

'Wat bedoelt u?'

'Waren ze heel goede vrienden?'

'Ja, heel goeie vrienden. Als broers. Ook al was Mohammed dan een Egyptenaar.'

'Heb je de advocaat verteld over Mohammed?'

Ze perste haar lippen op elkaar.

'Yasmina, heb je iemand verteld over Mohammed?'

'Nee.'

'Waarom niet?'

'Omdat Khaled dat niet wilde.'

'En waarom wilde hij dat niet?'

Ze gaf geen antwoord.

'Was hij bang om Mohammed in problemen te brengen?'

Yasmina sloeg op haar knieën. 'Hij heeft gezegd dat ik nooit over Mohammed mocht praten, omdat Mohammed ons leven heeft gered.'

'En waarom praat je dan nu wel met ons over hem?'

'Ik vertrouw haar,' zei ze, terwijl ze naar Elena wees.

Verbaasd vroeg Doni: 'En de advocaat van je broer vertrouw je niet?'

'Nee. Ook Khaled zegt dat hij niet goed is, maar Khaled blijft toch rustig. Ik weet niet hoe hij het doet. Hij zit daar maar, rustig, en hij denkt niet eens aan mij, aan hoe ik moet leven. Hij zegt dat alles wel goed zal komen. Maar er komt niks goed! Als de advocaat hoort dat ik iets heb gezegd, wordt Khaled kwaad. Maar ik kan het niet meer aan!'

'En dus?'

'Ze zijn samen de deur uit gegaan. Ik weet niet waar naartoe. Misschien naar de gokhal, of naar een bar, of naar Walid.'

'Wie is Walid?'

'Die is... hoe zeg je dat? Bewaker in een gebouw bij Sesto. Een vriend van Mohammed.'

Over Yasmina's hoofd heen wisselde Doni weer een blik met Elena.

'Die Mohammed moeten we spreken,' zei hij.

'Dat heeft Yasmina al geprobeerd,' zei Elena.

'Alleen om te weten wat ik moest doen,' preciseerde Yasmina. 'Mohammed praatte altijd alleen maar met Khaled. Tegen mij heeft hij nooit iets gezegd. Hij is niet mijn vriend, hij is de vriend van Khaled.'

'We moeten met hem spreken,' zei Doni nog eens. 'Het is de enige bruikbare getuige.'

'Ik denk dat het niet makkelijk zal zijn hem te vinden,' zei Elena.

'We moeten proberen hem te overtuigen. We hebben zijn telefoonnummer nodig.'

'Het is de schuld van de Peruanen,' zei Yasmina.

'Wat zeg je?'

'Die zijn altijd dronken. Het is hun schuld.' Ze keek eerst Doni en toen Elena aan. 'Ik heb een hekel aan ze. Ook Khaled heeft een hekel aan ze.'

'Zijn er Peruanen die iets te maken hebben met dit hele verhaal?' vroeg Doni.

'Weet ik niet.'

'Kun je iets duidelijker zijn?'

'Ik weet het niet, ik weet alleen maar dat die Peruanen altijd dronken zijn en dat ze altijd rotzooi trappen. Wij drinken niet.'

Doni knikte, en in een impuls pakte hij de andere hand van het meisje tussen de zijne. Klein en teer voelde die aan.

'Elena heeft gezegd dat u me zal helpen en alles goed zal doen,' zei Yasmina.

'Ik probeer altijd alles goed te doen,' zei Doni.

'Khaled heeft het heel moeilijk, daar in de gevangenis.'

'Dat kan ik me voorstellen.'

'Hij eet niet, hij zegt dat ze hem slaan en dat niemand

hem helpt. Laatst had hij zo'n dik oog.' Ze hield haar vuist voor Doni's gezicht. 'Helemaal donker. Hij kent daar niemand. Als hij schuldig was, zou hij daar wel iemand kennen, toch?'

'Dat is het punt niet,' verzuchtte Doni. 'Maar ik vind het heel naar dat je broer het zo moeilijk heeft.'

'Hij is echt onschuldig,' zei ze op smekende toon.

Doni zei niets.

'Hij is onschuldig! Onschuldig!'

'Rustig, Yasmina,' zei Elena.

'Ik zweer jullie dat hij daar niet was. Hij heeft helemaal geen pistool! Nooit een pistool aangeraakt. Khaled kan niet eens iemand slaan!'

'Yasmina...'

'Alstublieft, doen jullie iets, alstublieft!'

Ze begon zachtjes te huilen. Doni krabde aan zijn neus en zocht Elena's blik, maar ze had een arm om de schouders van het meisje geslagen en praatte heel zacht op haar in. Op het grind van het plantsoen stonden twee bejaarde dames naar hen te kijken. En van iets verderop werden ze beloerd door een man met een rode hoed op zijn hoofd die een sigaret zat te roken.

Yasmina kalmeerde weer. 'Meneer,' zei ze, 'ik hoop dat u Khaled vrij kan krijgen.'

'Ik zal doen wat mogelijk is,' antwoordde Doni.

'Ik ben al maanden alleen. Ik heb niets. Ik heb geen geld meer voor de huur, ik woon bij een vriendin, ik slaap op de grond in de keuken, soms eet ik niet, en alleen Elena helpt me, maar Elena is niet rijk en dus is het niet goed zo. Kunt u iets voor ons doen?'

Doni kneep even zijn ogen dicht. 'Ik zal doen wat mogelijk is,' zei hij nog eens.

18

Doni en de journaliste liepen terug naar de Via Padova. Het was inmiddels drukker geworden in de straat. Haastige voetgangers en fietsers. Twee bussen van lijn 56 kwamen elkaar tegen en groetten elkaar met een claxonstoot.

'Nu hebben we iets,' zei Elena.

'Ja. Ik had niet verwacht dat zoiets nog naar boven zou komen.'

'Ik had u al gezegd dat deze zaak niet zo eenvoudig is.'

'Niet zo eenvoudig, nee,' gaf Doni toe.

Elena schopte een steentje weg. Het vloog tegen de band van een geparkeerde auto aan.

'Wat vindt u van dat verhaal van Yasmina? Die boottocht en zo.'

'Daar vind ik niets van. Er zijn duizenden mensen die op die manier in Italië zijn aangekomen. Deze twee hebben juist nog geluk gehad. Als ik melodrama wil, ga ik wel naar een slechte film. Maar ik wil geen melodrama.'

Elena zuchtte. 'U bent echt wel een harde, hè?'

'Nee. Ik houd alleen niet van huilerigheid en ik heb een hekel aan dit soort verhalen. Die heb ik al meer dan genoeg gehoord.'

'Goed dan. Misschien kunnen we nog even naar de plaats delict?'

'Moet je dat horen...' zei hij met een lach.

'Ik bedoel naar de Via Esterle.'

'Is daar iets bijzonders te zien?'

'Nee, maar ik dacht dat het voor u toch interessant zou kunnen zijn.'

Doni haalde zijn schouders op. 'Goed hoor.'

De Via Esterle was niet ver verwijderd van het punt waar Elena hem de eerste keer had gevraagd om met haar die wandeling te maken tot aan het Piazzale Loreto. Het was een zijstraat dicht bij het grote spoorviaduct. Aan de linkerkant een lange muur, rechts geparkeerde auto's en huizen. Na een meter of honderd boog de straat opeens af en verbreedde zich daar tot een stukje open terrein. Daarachter liep hij uit op een grotere verkeersweg.

Elena zei dat ze aan het begin van de straat op hem zou wachten. Doni had niet veel zin om wat dan ook te onderzoeken. Hij voelde zich nog steeds gespannen na de ontmoeting in het plantsoen, waarvan hij de consequenties nog niet kon overzien.

Hij ijsbeerde wat en liep toen de bocht van de straat in. De lange muur was volgeplakt met allerlei affiches: manifestaties, concerten, mededelingen van de gemeente. Aan de overkant een paar winkels: een slager, een schoenmaker, een zaak in autoaccessoires.

Op het verbrede stuk stond een auto stil met draaiende motor. Doni hoorde rapmuziek uit de open raampjes komen en werd een lichte marihuanageur gewaar. Voorin zaten twee jongens te roken, een van hen zag hem in het zijspiegeltje. Doni liep door. Links een remise voor bussen van het openbaar vervoer. En helemaal aan het eind een parkeerplaats en een stukje grasland, waar een man met een plastic tas voor zich naar het verkeer zat te kijken.

Doni liep weer terug. Opeens zag hij zich weerspiegeld in een etalageraam, gefotografeerd terwijl hij het ene been voor het andere zette. Binnenin zich voelde hij iets uiteenspatten. Ben ik dat? Ben ik dat echt? Hij probeerde weer kalm te worden. Nu moest het absoluut over zijn met dit rondsjouwen, en tegelijk met het hele malle gedoe.

Hij liep nog wat door. Heineken-flesjes overal op straat. Flarden papier. Alsof hij over de daken van de huizen reed, kwam opeens onder hard gefluit een trein voorbij. De volmaakte troosteloosheid van de buitenwijken.

Toen hij zich door en door belachelijk voelde, ging hij terug naar Elena. Ze was bezig met een telefoongesprek, maar klapte haar mobieltje meteen in toen ze hem zag aankomen.

'Heeft u zin in een biertje?' vroeg ze, terwijl ze haar telefoon in haar tas stopte.

'Een biertje?' vroeg Doni.

'Ja. We kunnen hier even die jeu de boulesclub binnengaan. Ze wees achter zich. Daar was een benzinestation. Op de open plek ernaast stond een auto vol Zuid-Amerikanen, met op het dak een ouderwetse gettoblaster uit de jaren tachtig. Er klonk dancemuziek uit. Een dikke man met een baseballpet en een T-shirt dat om zijn buik spande, danste naast het raampje. Achter het benzinestation was een grote open ruimte, die Doni niet goed kon overzien en die hij nog helemaal niet had opgemerkt: een paar tafeltjes van plastic en ijzer, een betonnen paadje, een afdak waaronder oude mannen zaten te roken.

De woorden kwamen geheel op eigen initiatief uit zijn mond en waren exact tegengesteld aan wat hij dacht. 'Best hoor,' zei hij. 'Laten we een biertje gaan drinken.'

19

De avond was frisser aan het worden en Doni wilde in plaats van buiten zitten liever naar binnen. Het interieur van het café leek met geweld te zijn weggesleept uit de jaren vijftig. Een grote ruimte vol tafeltjes van formica, een televisietoestel, twee biljarttafels en links een metalen toog. De clientèle bestond vrijwel uitsluitend uit bejaarde mannen. Een kleine, magere ober liep tussen hen heen en weer met een dienblad in zijn hand.

Doni en Elena vonden een tafeltje dicht bij een biljart en bestelden twee bier. 'Tjonge jonge,' mompelde hij.

'Vindt u het leuk hier?'

'Het doet me denken aan toen ik als kleine jongen bij mijn oom op het platteland ging logeren.'

Met een glimlach op haar gezicht keek Elena rond. 'Het is hier in ieder geval anders dan in al die dure Milanese shittenten.'

'Kom je hier vaak?'

'Soms, met mijn huisgenootje en haar vrienden.'

'Het is hier nou niet echt gericht op jonge mensen.'

'Ik heb ook niet zoveel met jonge mensen. Ik ben journalist. Niet heel succesvol, maar toch journalist. En hier hoor je allerlei verhalen.'

Hun biertjes werden gebracht. De glazen waren kletsnat van het spoelwater en het schuim was stevig. Terwijl ze een vinger rond haar glas liet gaan, keek Elena Doni lang aan.

'Hebt u dit soort verhalen wel eens in het echt gehoord?' vroeg ze.

'Welk soort verhalen?'
'Zoals dat van Khaled.'
'Zeker. Maar dan op een meer formele manier.'
'En hebt u al eerder te maken gehad met criminaliteit onder immigranten?'
'Diverse malen.'
'Maar hun levens kende u niet echt, de problemen waarmee ze te maken krijgen en zo.'
Enigszins uit het veld geslagen wreef Doni even over zijn wang. 'Ik ben geen deskundige, als je dat bedoelt.'
Elena keek strak naar een plek op de tafel, alsof ze haar krachten wilde verzamelen voor het slotoffensief. 'Dus u oordeelde over ze zonder hun omstandigheden te kennen, zonder te weten hoe ze leven, hoe ze wonen en dat soort dingen...'
Doni sloeg met een hand op tafel. 'Nee!' riep hij uit. Een paar andere klanten keken even naar ze om. 'Nee,' ging hij minder luid verder. 'Van die praatjes ben ik niet gediend. Ik weet waar je heen wilt en volgens mij heb ik je al uitgelegd hoe het zit. Ik oordeel niet over hoe ze leven. Ik oordeel niet over hén. Ik oordeel alleen over bepaalde daden van ze, of het nu Tunesiërs, Italianen of Zwitsers zijn. Sorry, maar je praat als een ouderwetse communist.'
Elena maakte een gebaar om hem te manen zich niet op te winden – wat hem juist nog kwader maakte. Het was precies hetzelfde gebaar als Claudia altijd maakte wanneer ze ergens met vrienden aan tafel zaten en hij zich met gestrekt been in een discussie drong, op zijn, volgens haar, totaal misplaatste manier. Ze spreidde dan haar handen, palmen naar beneden, en liet ze een paar keer langzaam op en neer gaan.
'Ik weet heus wel dat u zich houdt bij het beoordelen van de feiten,' zei Elena. 'Dat bedoelde ik niet.'
'Maar je zei iets anders.'
'Nou ja, sorry dan. Dat was fout van me.'
'En wat bedoelde je dan wél, als je dat niet bedoelde?'

Elena blies hoorbaar lucht uit. 'Niks. Dat de dingen ingewikkelder zijn dan ze lijken. Alleen maar dat.'

Ze zwegen.

'Sorry dat ik u kwaad heb gemaakt,' zei Elena toen.

'Ik was niet kwaad. Maar ik accepteer niet zomaar alles wat er tegen me wordt gezegd.'

'Daar hebt u gelijk in.'

'Hoe dan ook,' zei Doni, die op een ander onderwerp wilde overgaan, 'als het niet lukt om met die Mohammed te praten, zijn we even ver als we waren.'

'Ja.'

'Het verhaal van Yasmina is een naar verhaal, maar we hebben er niets aan. Wat wij moeten weten is waar Khaled die avond was.'

'De enige die dat weet is Mohammed.'

Doni knikte.

'Misschien kunt u iets doen om hem van bescherming te verzekeren,' zei Elena. 'Maar dan wel iets serieus. Of zorgen dat hij ergens ver van Milaan kan gaan wonen. Of nog iets anders, ik weet niet...'

'Niets van dat soort dingen kan ik doen.'

'En dus?'

Doni nam een slok bier en dacht even na. 'Ik kan beginnen met proberen erachter te komen hoe Khaleds omstandigheden in de gevangenis zijn. Veel invloed op de gang van zaken daar hebben we niet, maar ik kan proberen te weten te komen of hij inderdaad mishandeld wordt, zoals zijn zus zegt. Wat de zaak zelf betreft is er helaas niet veel te doen. Als Mohammed niet wil praten, kunnen we hem daar niet toe dwingen. En daarbij weten we helemaal niet zeker of hij er wel iets mee te maken heeft. Die zus kan zich vergissen, of misschien is het juist wel Mohammed die Khaled in deze narigheid heeft gebracht.'

'Dat lijkt me onwaarschijnlijk.'

'We moeten alle mogelijkheden overwegen, we hebben nog niets in handen.'

'En dus?' vroeg ze nog eens.

'En dus houdt het hier op, lijkt me.'

Elena keek sip. Doni voelde zich bevrijd. Na een paar spannende dagen en een avontuur in de geest van de goeie ouwe tijd, kon het boek nu bijna worden gesloten. Al met al kwam hij er nog redelijk ongeschonden af.

Van het ene op het andere moment voelde hij zich ook veel meer op zijn gemak in het café. Het leek hier nu op een van die tenten waar hij in vroeger jaren wel met Colnaghi kwam, het was nu een plek die hij zonder problemen in zijn verleden kon onderbrengen; alles leek opeens vlekkeloos opgelost.

'Laten we er even van uitgaan dat het allemaal zo gegaan is als Yasmina zegt,' drong Elena toch weer aan. 'Waarom heeft Khaled nooit over Mohammed willen praten, volgens u?'

'Omdat hij hem wilde beschermen. Maar de vraag is: beschermen waartegen?'

'Precies. En dus?' vroeg Elena voor de derde keer.

'En dus niets. Dat had ik al gezegd.'

'Maar we hebben wel een belangrijke aanwijzing. We weten dat Khaled iets heeft verzwegen.'

'We weten nog niet of dat belangrijk is, en we weten eigenlijk ook niet of hij dat inderdaad gedaan heeft. De verklaring is onvolledig.'

'We kunnen zijn advocaat verzoeken hem er iets over te vragen, ook al wil Yasmina dat dan niet.'

'Als hij tot nu toe niets heeft gezegd, zal dat heus zo blijven.'

'En dan zou hij zich dus laten veroordelen terwijl hij onschuldig is? Dat is belachelijk!'

'Elena, voor de laatste keer: we weten niet of hij onschuldig is. Denk aan mijn motto: uitzonderingen altijd, fouten nooit.'

'Maar als hij wel onschuldig is...'

'Als hij wel onschuldig is, is het antwoord: inderdaad, dan laat hij zich desondanks veroordelen.'

Elena omklemde haar glas. 'En dat vindt u goed?'

'Daar heb ik geen mening over. Als het er zo voor staat, en als Khaled vindt dat hij moet zwijgen, dan zal hij daar zijn redenen voor hebben.'

'Maar u gelooft toch in het recht?'

Verbaasd kneep hij zijn ogen klein. 'Natuurlijk. Wat is dat nou voor vraag?'

'Gewoon een vraag. Is het zinnig recht te spreken als het fundament van dat recht verkeerd is? Is het zinnig je plicht te doen als die plicht alleen maar uit formaliteiten bestaat? Als het risico bestaat dat een man, alleen maar om een vriend te beschermen, zich tot monster laat uitroepen? Ik kan dat niet begrijpen. U hebt het over regels, en u hebt gelijk, maar regels zijn niet alles en regels beschermen niet alles in het leven, ze beschermen maar een deel. Is het zinnig miljoenen mensen buiten de grenzen te houden, alleen maar om het zelf lekker rustig te hebben? We zijn alleen maar bezig met het bewaken van onze privileges, en dan zeggen we dat het zo nu eenmaal geregeld is op de wereld, en het enige van belang blijft altijd maar of je op het ene dan wel het andere deel van de aardbol bent geboren, en dan word je ook nog 's beschuldigd door een of andere Milanese muts die niet eens zeker weet of jij het was die heeft geschoten. Maar ze voelt zich daartoe verplicht, want er moet iemand de gevangenis in en de ene allochtoon is net zo weinig waard als de andere, toch?'

Doni schudde zijn hoofd en maakte een afwerend gebaar met zijn hand. 'Laten we niet opnieuw beginnen en laten we niet alles door elkaar gooien. Ten eerste, zomaar alle grenzen openen, zonder beleid, betekent een slechter leven voor iedereen, voor hen en voor ons. Europa heeft niet de mogelijkheid om al die mensen op waardige wijze binnen te halen, er is geen ruimte, geen werk, er zijn geen huizen.'

'Dus is het beter ze dood te laten gaan waar ze nu zijn?'

'Dat heb ik niet gezegd.'

'Maar dat is wel een directe consequentie!'

Doni keek haar aan. ‘Wat voor schoenen draag je nu?’
‘Hè?’
‘Ik vroeg wat voor schoenen je nu draagt.’
Elena boog zich voorover en keek onder tafel.
‘All Stars.’
‘All Stars, goed. Ik heb er geen verstand van, maar weet je zeker dat die schoenen zijn geproduceerd zonder dat iemands rechten zijn geschaad? Weet je zeker dat All Stars geen kinderen laat werken en dat ze na verkoop van hun schoenen tegen een bepaalde prijs de winst eerlijk verdelen in de vorm van fatsoenlijke salarissen?’
‘Ja, ik begrijp waar u heen wilt.’
‘Als je geen antwoorden hebt op dit soort vragen, heb je niet het recht kritiek te leveren op het systeem. Iedereen die in dat systeem leeft, mag het alleen maar volgens de regels aanvallen, punt uit. Zo niet, dan is de stap om uit naam van de heilige oorlog tegen de slechteriken van het systeem even een McDonald’s in de lucht te laten vliegen, wel heel makkelijk te maken.’ Hij knarste met zijn tanden en bewoog het bier in zijn halflege glas heen en weer. ‘Ik heb een vriend verloren door toedoen van dat soort mensen, Elena. Ook iemand uit de rechterlijke macht, net als ik. Maar hij was beter dan ik, een fantastisch mens was het. Op een dag hebben ze hem op straat aangehouden en drie kogels in zijn maag geschoten. Ze hadden uitgemaakt dat ook hij een deel van het systeem was en dat het systeem verkeerd was, dat was alles. Ze stelden zich voor dat ze revolutionairen waren in dienst van het onderdrukte volk, maar het waren gewoon enorme stomkoppen. Dat is het enige wat het terrorisme mij heeft geleerd: je moet je nooit, nooit verheven voelen boven de wetten die ons zijn doorgegeven.’
Er viel een stilte. Even waren ze allebei verzonken in hun eigen gedachten. Op de tv was een Engelse voetbalwedstrijd te zien. Twee van de oude mannen keken aandachtig naar het scherm, hun kin omhoog, hun mond een stukje open. Elena stelde voor nog twee biertjes te laten komen. Doni

vond het een goed idee, het bier was hier lekker en koud, en hij had er behoefte aan die plotseling opgekomen, veel te heftige herinnering aan Colnaghi weg te spoelen.

'Houd jij je alleen maar met dit soort dingen bezig?' vroeg hij.

'Hoe bedoelt u?'

'In wat je schrijft. Ik heb op internet een paar stukken van je gezien.'

'Ja, stadsberichten, immigratieproblematiek, misdaadverslaggeving. Interviews met mensen op straat die je dan vertellen dat alles naar de filistijnen gaat en dat alle politici één pot nat zijn. Dat soort dingen.' Ze wierp een blik op het schermpje van haar telefoon. 'Eigenlijk doe ik een beetje van alles. Behalve dat parttime werk in die boekwinkel, neem ik ook klussen aan als ghostwriter en dergelijke. Dan kan je grappige dingen meemaken, bijvoorbeeld een stuk schrijven dat dan op naam komt te staan van iemand die ergens wil solliciteren als journalist. Of, weet ik veel, voor een gratis krant de column verzorgen van een zanger die zijn eigen naam niet eens kan spellen.'

'Maar dat zijn illegale praktijken!'

'Echt waar?' vroeg ze lachend.

Doni schudde zijn hoofd. 'Krijg je er tenminste wel goed voor betaald?'

'Een schijntje.'

'Waarom doe je het dan?'

Elena haalde een hand door haar haar. 'Omdat het is wat ik het beste kan, denk ik, en omdat je moet pakken wat er voorbijkomt. Misschien ook omdat ik hoop dat het wat deuren voor me kan openen. Maar ik maak me geen illusies, hoor. Ik ben de dertig gepasseerd, veel heb ik niet bereikt, en ik heb mezelf een deadline gesteld. Over maximaal een jaar stop ik ermee.'

'En wat ga je dan doen?

'Wat ik ga doen... Wie zal het zeggen?' Hun nieuwe biertjes werden voor hen neergezet. Elena nam meteen een slok.

'Soms probeer ik me mijn toekomst voor te stellen zonder het geschreven woord. Dat is moeilijk. Het is niet zozeer een kwestie van je vak willen uitoefenen, of van innerlijke drang, zoals je soms hoort beweren... Het gaat om de kern van je bestaan. Ik heb altijd journalist willen zijn, omdat ik altijd heb geloofd dat het woord de werkelijkheid kan weergeven. Voor ieder slecht woord dat wordt uitgesproken – voor ieder vals, leugenachtig reclamewoord, voor ieder gemeen woord – moet je proberen een goed woord op te delven, een woord dat zegt hoe de dingen echt zijn. Zo zit het.'

'Ja,' zei Doni.

'Ik blijf wel in die boekwinkel werken, als ze me willen houden. Boeken verkopen vind ik leuk.'

'Het is zeker een mooi vak.'

'Nee hoor, het is een vak waarin je je rug verslijt, een vak dat steeds meer begint te lijken op lopendebandwerk. En de klanten zijn verschrikkelijk. En ik werk in drie verschillende diensten, en als ik de laatste heb, ben ik pas om middernacht klaar, en dan ga ik op de fiets naar huis, ook als het regent, en één keer ben ik aangehouden door een paar gasten die me wilden beroven. Maar er zitten ook positieve kanten aan, en hoe dan ook, ik vind het leuk.'

Doni hief zijn gespreide handen. 'Ik zeg niets meer,' zei hij lachend. Ook Elena lachte.

De baas van het jeu de boulescentrum kwam op hen af lopen met een houten snijplank in de hand. Op de plank lagen vijf plakken rauwe ham en een stuk kaas.

'Van het huis,' zei hij. 'Zo vers als maar kan.'

'Dank u, wat aardig!' zei Elena.

'Dan kunnen jullie me vertellen of het lekker spul is.'

Doni scheurde een stuk ham af en legde het op zijn tong. Zijn mond reageerde meteen tevreden op de zachte, zoutige smaak, en Doni zakte even onderuit op zijn stoel. Opeens drong het tot hem door hoe ontspannen hij zich voelde. Er was geen enkele aanwijsbare reden voor, maar hij had het naar zijn zin.

Toen hij omhoog keek, viel zijn oog op een klok die aan de muur hing. Hij pakte zijn mobieltje, dat hij had uitgezet voor het gesprek met Yasmina, zette het weer aan en zag een bericht over twee onbeantwoorde oproepen van Claudia.

'Momentje,' zei hij. Hij liep naar buiten en belde haar terug.

'Hallo,' zei ze.

'Claudia...'

'Waar zit jij in godsnaam?'

'Ik ben... even iets drinken met een vriend.'

'Met een vriend? Wie dan?'

'Een collega. Salvatori.'

'Zit je in een café met Salvatori?'

'Ja.'

'Ben je dronken of zo?'

'Welnee! Wat een onzin.'

'Je stem klinkt raar.'

'Ik ben gewoon een beetje moe.'

'Hm,' klonk het. 'Waarom wist ik dat niet?'

'Je hebt gelijk. Sorry, vergeten.'

'Je had me wel even kunnen zeggen dat je niet thuis kwam eten. Ik was ongerust, ik heb je steeds gebeld, maar je telefoon stond uit. Hoe vaak heb ik niet gezegd dat je die telefoon aan moet laten staan.'

'Geen idee hoe dat gebeurd is, Claudia. Waarschijnlijk heb ik hem even uitgezet toen ik van mijn werk kwam, en ben ik het later vergeten.'

Zijn vrouw zweeg, op de lijn klonk wat gekraak.

'Nou, oké,' zei ze toen.

'Sorry, echt.'

'Ja, oké. Hé, en hoe laat ben je dan thuis?'

Hij keek op zijn pols, maar realiseerde zich dat hij zijn horloge thuis had gelaten omdat het anders misschien te veel zou zijn opgevallen.

'Over een halfuurtje, denk ik. Ik ga nu weg.'

'Waar ben je dan?'

'Ergens bij het Piazzale Loreto.'
'Loreto!? Wat is dat dan in godsnaam voor café?'
'Gewoon een café. Salvatori woont hier dichtbij.'
'Oké,' zei ze nogmaals.
'Tot zo.'
Claudia verbrak de verbinding.

'Ik denk dat ik nu beter naar huis kan gaan,' zei Doni toen hij weer bij hun tafeltje was.
'Problemen?'
'Ik was vergeten het tegen mijn vrouw te zeggen.'
'Aha.'
'Verder niets aan de hand, hoor.'
'Als ze maar niet iets verkeerds denkt...' zei Elena lachend.
'Op mijn leeftijd zeker!'
'Hoezo, wat heeft dat ermee te maken?'
'Niets,' zei hij, in verlegenheid gebracht. 'Maar... Nee, ze heeft niets verkeerds gedacht. Ze was alleen een beetje boos dat ik het haar niet had gezegd.'
'Oké. Laten we maar gaan dan.'
Ze gingen naar buiten en sloegen de Via Padova weer in. Nu lag de straat er verlaten bij, op een paar jongens na die met haastige passen de andere kant op liepen. Toen ze weer bij de rotonde waren, wisselde Elena even een blik met een man die op de hoek stond, een Bengalees zo te zien.
'Een moment,' zei ze. 'Dat was ik vergeten, ik moest een paar flesjes bier meenemen voor mijn huisgenootje.' Ze liepen op de man toe en Elena begroette hem.
'Wat wil je?' vroeg hij.
'Een paar Moretti's.'
De man keek naar Doni, die zijn ogen neersloeg.
'Oké,' zei hij toen. Hij gaf een klap op een gesloten rolluik, wachtte even en schoof het toen een stukje omhoog. 'Kom maar.'
Elena boog haar hoofd en ging er onderdoor. Doni kwam

haar achterna. Binnen was de zaak verlicht alsof die nog gewoon open was. De winkelier – op het oog ook een Bengalees, maar dikker en bijna kaal – zat met een verveeld gezicht achter de toonbank. In een hoek zat een man van ongeveer Doni's leeftijd met een grijze baard iets te drinken uit een plastic bekertje. Elena pakte de flesjes bier en betaalde, waarna ze de winkel verlieten. De man buiten trok het rolluik met een harde klap weer naar beneden, terwijl hij steeds om zich heen bleef spieden.

'Vanwaar al dat gedoe?' vroeg Doni toen ze verder liepen in de richting van het Piazzale Loreto.

'Ze mogen op deze tijd niet verkopen. Verordening van de gemeente.'

'O ja, natuurlijk.'

'En dus doen ze het maar zo.'

Doni knikte.

'Welkom terug in de Via Padova, meneer Doni,' zei Elena lachend, terwijl ze het plastic tasje omhooghield alsof ze wilde proosten. Ook Doni schoot in de lach.

'Straks mist u de metro nog,' zei de journaliste.

'Ja, ik ga nu.'

'Dus we spreken elkaar weer snel?'

Doni wreef met duim en wijsvinger over zijn neus en glimlachte vermoeid. 'Ik denk eigenlijk dat het hiermee afgelopen is, Elena.'

'Als het me lukt om Mohammed over te halen, bel ik u. Via Yasmina kan ik zijn nummer wel bemachtigen, en dan zal ik hem aan de telefoon krijgen, al moet ik er de hele nacht voor opblijven.'

'Breng jezelf alsjeblieft niet in moeilijkheden.'

'Maakt u zich geen zorgen.'

'Nee, dat doe ik wel. Juist omdat ik, hoewel jij denkt van niet, dit milieu en de mensen die dit soort problemen hebben, goed ken.'

Ze knikte. 'Oké,' zei ze.

Doni zwaaide even naar haar, draaide zich om en liep

twee passen van haar weg. Toen draaide hij zich weer om. 'Nog een laatste ding. Waarom voel je je eigenlijk zo betrokken bij Khaled en Yasmina? En waarom ben je er zo van overtuigd dat hij onschuldig is?'

'Dat hebt u me de eerste keer dat we elkaar spraken ook al gevraagd.'

'Dat betekent dan dat ik je antwoord toen niet bevredigend vond.'

Ze wachtte even, sloot haar ogen, ademde diep in en opende ze weer. 'Daar zou ik van alles op kunnen zeggen. Maar ik kan u ook alleen maar dit zeggen: er moet in ieder geval íémand zijn die in zijn onschuld gelooft. Toch?'

Doni knikte, en knikte nog een paar keer.

'Dag Elena,' zei hij.

'Dag meneer Doni.'

20

Lieve Elisa,

Hoe gaat het? Hier in Milaan niets bijzonders, of beter gezegd: altijd hetzelfde gedoe. Je zult het vast niet erg vinden dat je daar niet meer middenin zit. Het enige positieve dat ik kan melden is dat het zonnig weer is. Tot nu toe hebben we een van de mooiste lentes die ik me kan herinneren. Maar dat zal wel weer geen standhouden.

Ik had even wat woorden met je moeder omdat ik iets was gaan drinken met een collega zonder het tegen haar te hebben gezegd, maar ik denk dat ze niet lang boos zal blijven. Je weet hoe ze is.

Gisteren heb ik met de post een boek over De La Tour ontvangen, dat ik had besteld via bookdepository.com. Dat is een Engelstalige internetboekhandel (gratis verzending over de hele wereld). Ja, ja, je ziet dat ik me zomaar heb gestort in de aankopen via internet. Dat zal wel met de oude dag te maken hebben. Hoe dan ook, het boek is heel mooi en de foto's zijn schitterend. Ik heb twee schilderijen ontdekt die ik nog niet kende, en ik overweeg om nog een reproductie te bestellen om op te hangen in mijn kantoor.

En jij? Ben je al begonnen aan dat nieuwe project? En je hoogleraar, hoe is die? Met Sarah alles goed? Soms probeer ik me voor te stellen hoe het is om op zo'n campus te wonen. Toen we je vorig jaar zijn komen opzoeken (ook al was dat tegen jouw wil – en zeg nou niet dat dat niet waar is), maakte het daar op mij een indruk van grote sereniteit. Iedereen leek heel ontspannen, heel tevreden, alsof voor hun toekomst alles piekfijn geregeld was.

Misschien was het een te oppervlakkige observatie en misschien was ik alleen maar getroffen door de academische sfeer die er heerste, in ieder geval vond ik het mooi. Jij beklaagt je er soms over dat er buiten de campus niets is, dat het lijkt of je in een luchtbel leeft. Maar je weet dat het hier niet veel beter is. Misschien is het anders in een grote Amerikaanse stad, dat weet ik niet. Hoe het ook zij, ik hoop dat je gelukkig bent en dat het goed met je gaat.

Er is trouwens iets waarover ik je mening wilde vragen. Mijn oude leermeester van de universiteit (ik denk de laatste dagen vaak aan hem, hij heet Cattaneo, ik kan me niet herinneren of ik je wel eens over hem heb verteld) zei altijd dat een misschien schuldige op vrije voeten te verkiezen is boven een misschien onschuldige in de gevangenis. Ik ben het daarmee eens, ook al lijkt het tegenstrijdig: een misschien schuldige en een misschien onschuldige, is dat niet hetzelfde?

Jij hebt me een keer voorgehouden dat de wereld niet is op te delen in zwart en wit. Je zei dat elementaire deeltjes zwart en wit tegelijk kunnen zijn, en dat hun wezen niet op eenduidige of glasheldere wijze te bepalen is. Ik weet niet of ik het zo goed weergeef als eigenlijk zou moeten (vast en zeker niet, de deskundige in kwantummechanica ben jij), maar het is een waarheid die ik steeds vaker herken, ook in het dagelijks leven. Wat vind jij?

Een dikke kus, lieve dochter. Ik vond het heel fijn je laatst even aan de telefoon te hebben, hoe kort het ook was.

Ik hoop je gauw weer te zien,

Papa

21

'En nu,' zei de oude man, 'zou ik graag iedereen een moment aandacht willen vragen. Hebben jullie het gehoord? Heren? Een momentje aandacht, alstublieft!'

Paoli, de hoofdofficier van justitie, was gaan staan en keek glimlachend om zich heen. Toen hij met zijn vork tegen zijn glas tikte, keken alle magistraten op van hun bord. Vanaf de overkant van de lange tafel wierp Recalcati Doni een blik van verstandhouding toe.

Sinds het moment dat hij de leiding had gekregen, reserveerde Paoli elk jaar een tafel in deze trattoria op het platteland bij Pavia. Volgens hem was dat goed voor de teambuilding.

'Allereerst natuurlijk dank voor jullie komst,' zei Paoli. 'Zoals jullie weten hecht ik zeer aan ons jaarlijkse etentje. Ik ben geen groot spreker, dus zal ik me ertoe beperken te zeggen dat we ook dit jaar weer tevreden kunnen zijn over hoe we ons werk doen, ondanks alle tegenwerking van de regering en dergelijke. Maar, o jee, laat ik daar maar niet verder op ingaan, straks word ik nog afgeluisterd en zeggen ze dat ik een gevaarlijke communist ben.' Ergens klonk, uit puur medelijden, de aanzet van een lachje. 'Maar daarover wilde ik het ook helemaal niet hebben, daar zijn we elke dag al mee in de weer. Vandaag wilde ik jullie mijn kleinzoon Davide voorstellen, die voor mij een stuk levensvreugde vertegenwoordigt dat ik graag met jullie wil delen.'

Er viel een stilte over de patio van het restaurant. Iedereen begreep nu wie de jongen met het syndroom van Down was die naast de hoofdofficier zat. De kleinzoon stond op. Hij had spleetogen, zijn gezicht was gewrongen in een uitdrukkingsloze grijns, zijn vlassige blonde haar viel over zijn voorhoofd.

Dankzij het netwerk van zijn opa had Davide een tijdje verbleven in een vermaarde kliniek ergens in Frankrijk. Hun motto luidde, vertelde de opa enthousiast, 'Normaler dan de zogenaamd normalen'. Ze garandeerden dat hun patiënten op een niveau van negentig procent van de gemiddelde communicatieve en intellectuele capaciteiten kwamen. 'Uw kind,' citeerde Paoli, 'kan een gelukkig leven krijgen.'

Als bewijs van de bereikte resultaten hadden ze Davide een aantal moppen over geestelijk gehandicapten geleerd. Dat was de laatste stap geweest, de kers op de taart. 'Wie om zijn problemen kan lachen, heeft ze al niet meer,' werd er gezegd in de kliniek.

Nu legde de hoofdofficier een hand op de schouder van de jongen en spoorde hem aan het woord te nemen. Davide Paoli veegde zijn kin schoon met een punt van zijn servet en begon met ernstige stem aan zijn mop. 'In een kliniek zijn drie geestelijk gehandicapten. Om te kijken of ze echt zijn genezen, wil de dokter ze testen. Hij zet ze in drie verschillende kamers en geeft ze alle drie een konijn, om te zien hoe ze ermee omgaan...'

De stilte was totaal geworden. Nog geen kuchje was er te horen. Doni staarde naar het stuk grasland buiten de pergola. Ik ben hier niet, zei hij bij zichzelf. Dit gebeurt niet echt.

Toen de mop verteld was, barstte Paoli in lachen uit.

Zijn kleinzoon ging weer zitten en ging verder met het buitengewoon keurig snijden van zijn vlees. Uit beleefdheid lachte iemand even kort mee. Dellera klapte in zijn handen. Recalcati en Doni wisselden weer een blik, en het was of ze in een spiegel keken.

De plaatsvervanger van Paoli, een man uit Friuli met een haakneus, die nog met Colnaghi had gewerkt in de tijd van het terrorisme, doofde zijn peuk in het gras en mompelde: 'Als je denkt dat je alles gehad hebt...'

Toen de koffie kwam, begon het gezelschap zich te mengen. Sommige magistraten hadden hun colbert uitgedaan en zaten op hun hurken een praatje te maken tussen twee collega's op stoelen. Andere kuierden over het grasveld voor het restaurant, en er stonden er ook enkele te kijken naar het kleine cementen waterbassin waarin forellen zwommen. Nu de middag vorderde, was het wat minder warm geworden. Over de verlaten provinciale weg reed tegen een platte, heiige achtergrond een rode auto.

Met een tandenstoker tussen zijn lippen en een glaasje grappa in zijn hand kwam Dellera op Doni toelopen.

'Er zijn drie officieren van justitie in een rechtbank, ze moeten getest worden om te zien of ze echt zijn genezen,' zei hij.

'Mijn god.'

'Dat hou je toch niet voor mogelijk?'

'Ik ben sprakeloos.'

'Wie had dat nou verwacht van Paoli?' Dellera nipte aan zijn grappa. De geur was zo sterk dat die ook Doni's neusgaten wist te bereiken. 'Zijn we allemaal hartstikke gek aan het worden of zo?'

'Daar lijkt het wel op.'

'Wat moet die arme jongen voor leven hebben gehad?'

'Niet zo'n leuk leven, denk ik.'

'Maar je moet toegeven dat hij nu inderdaad wel heel normaal lijkt.'

Samen keken ze naar de jongen, die zonder gêne om zich heen keek en vaag glimlachte naar al die vrienden van zijn opa. Van zijn gezicht was geen enkele herkenbare sensatie af te lezen, geen ongemak, geen eenzaamheid. Het aangeboren gebrek was van binnenuit weggepoetst en de uiterlijke kenmerken ervan waren gebleven, als een nutteloze straf.

'Als ik zo'n kind zou krijgen, hing ik me op,' zei Dellera.

'Nou, nou, wat ben je weer cynisch.'

'Ach, ik ben nou eenmaal niet uit het juiste hout gesneden om vader te zijn.' Hij nam nog een slokje grappa en vroeg toen: 'Hoe gaat het eigenlijk met dat hoger beroep van die ene snuiter?'

'Welke?' vroeg Doni.

'De verkrachtende oom.'

'O ja. Goed wel. Ik bedoel, ik ben er druk mee bezig.'

'Jezus, als er iets is wat ik niet met afstand kan benaderen, dan is het wel pedofilie.'

'Ja, het is vreselijk.'

'En verder?'

'Verder gaat alles gewoon door,' zei Doni terwijl hij wegliep. 'Sorry, maar wil graag even op mezelf zijn.'

'Problemen?'

'Nee hoor, het gewone werk: walgen van het leven.'

'Daar heb je onze ouwe Doni weer,' zei Dellera. Hij hief zijn glaasje. 'Proost.'

Hij liep het grasveld op, afstand houdend van een groepje dat daar stond, en keek in de verte, waar het land opging in de horizon, en naar de acacia's die hier en daar een vlek vormden in het landschap, alsof iemand met groene waterverf aan het knoeien was geweest. Van een van zijn collega's had hij een sigaar gekregen die hij nu, genietend van dit moment rust, stond te roken. Bij ieder etentje vroeg hij wel aan iemand een sigaret of sigaar. Het roken zelf vond hij niet eens lekker, maar de esthetiek van de handeling sprak hem aan, het ritueel.

Vanachter zijn rug pakte iemand opeens stevig zijn rechterarm vast. Hij draaide zich om: het was Paoli.

'Zo, Doni, hoe gaat het allemaal?' vroeg hij.

'Alles prima,' antwoordde Doni.

'Goed gegeten?'

'Zoals altijd hier.'

'Een robuuste keuken, maar lekker, hè? Allemaal spul uit de streek waar ik vandaan kom, Piacenza.'

'Ja. Ik moet bekennen dat ik dat spul niet zo gewend ben.'

Paoli prikte met een vinger in Doni's borst. 'Kan ik me voorstellen, kijk eens hoe mager je bent.' Hij lachte even en zei toen: 'O ja, dat van het congres in Rome is toch in orde, hè?'

'Wat bedoelt u?' vroeg Doni.

'Dat congres. Ben je toch niet vergeten, hoop ik?'

De afspraak schoot Doni weer te binnen. 'Nee, natuurlijk niet, excellentie, alles onder controle, hoor. Volgende week donderdag.'

'Precies. Ze hechten er nogal veel waarde aan, zie je.'

'Ja, dat weet ik. Ik heb het secretariaat al gevraagd een vlucht voor me te boeken,' loog hij. 'En ook een hotel,' loog hij erbij. Hij maakte een mentale aantekening dit zo snel mogelijk te regelen.

'Heel goed.' Paoli keek hem glimlachend aan. 'Loop je nog te kniezen over die mislukte overplaatsing naar Varese?'

'Welnee, stel je voor, zeg. Misschien is het al met al wel beter zo. Ik had me waarschijnlijk toch niet erg prettig gevoeld tussen al die lui van de Lega Nord.'

'Inderdaad. En de volgende keer ben jij echt aan de beurt, hoor.'

Doni haalde zijn schouders op en lachte wat.

'Je bent altijd een van onze besten geweest.'

'Dank u, excellentie. Ik probeer alleen maar wat ik doe, goed te doen.'

'Prima. Gewoon rustig afwachten, dan zal je zien dat je dit tranendal achter je gaat laten.'

Doni knikte. Paoli sloeg hem op de schouder en knikte in de richting van de lange tafel. 'Wat een kleinzoon heb ik, hè?' zei hij.

'Geweldige jongen, echt geweldig.'

'Ja toch? Ik ben heel trots op hem.'

'Dat begrijp ik. Het is ongelooflijk.'

'Je zou moeten weten hoe hij het laatste jaar vooruit is gegaan. Ik ben echt blij dat ik hem heb meegenomen vandaag. Hij heeft ook helemaal niet geknoeid aan tafel. Vroeger was dat altijd een ramp.' Hij knikte verstrooid. 'Die kliniek kost kapitalen, maar ze zijn dan ook echt goed. Hij is nu klaar om de maatschappij in te gaan.'

Doni keek naar de kleine, gezette en kale man die voor hem stond. Het was een uitstekende hoofdofficier van justitie. Een hoogstaand en intelligent persoon. Waarom maakte hij ten overstaan van zijn collega's dan op die manier zijn kleinzoon belachelijk? Begreep hij niet hoe pathetisch dat van hem was?

Maar misschien, bedacht Doni, was dit wel de prijs die je betaalde voor macht. Alle mannen die een grote verantwoordelijkheid dragen moeten voortdurend hun zwakke plek verbergen. Want in dat verre hoekje van hun hart kan de buitenwereld hen raken, waarna hun banaliteit bloot komt te liggen. Elke vorm van liefde, ook de meest vanzelfsprekende. Elke vorm van kwetsbaarheid.

22

Na de avond bij de jeu de boulesclub was Claudia een paar dagen wat korzelig geweest, maar toen haar vriendin Livia – een taaldocente aan de universiteit – haar uitnodigde voor een feestje bij haar thuis, kreeg ze opeens een veel beter humeur. Tot zijn eigen verbazing voelde Doni er ook wel voor om weer eens de deur uit te gaan. Het woord 'feestje' vond een plaats ergens in zijn hoofd en bleef daar ronddobberen.

Ze gingen met de auto en Claudia wilde absoluut achter het stuur. Livia woonde in een vierkamerappartement achter het Piazza Mentana, vlak bij de Via Torino. Terwijl ze de trappen op liepen – Claudia had een hekel aan liften – moest ze, met een hand steunend op de leuning, even een schoen wat beter aantrekken.

Er waren een stuk of vijftien mensen bij Livia, de meesten vrienden van elkaar die elkaar zo af en toe zagen en die Doni alleen oppervlakkig kende, eigenlijk alleen van gezicht. Geen van hen was erg sympathiek, maar wat hen verbond – en wat Doni ook nu, als een vage toon of een vleug parfum, waarnam in de lucht – was dat hun wensen en verlangens overeenkwamen. Of beter: dat ze hetzelfde beeld van levensgeluk hadden.

Conservatief, maar niet te. Stijf, maar niet te. Een scherp grapje mocht op z'n tijd, maar niet te vaak. Hoffelijk. Voorbeeldige ouders. Neigend naar rechts, maar wars van Berlusconi. Een enkeling had in een grijs verleden zelfs wel aan bezettingsacties deelgenomen en meegelopen in demonstraties.

De vrouwen perfect gekleed en elegant, de mannen al wat op hun retour, maar met het goed geconserveerde lichaam van wie nooit echt grote tegenslagen heeft hoeven incasseren. Tweede en derde huizen op met zorg gekozen plaatsen, voor weloverwogen vakanties: de Dolomieten buiten het seizoen, de Ionische kust ver van de centra van massatoerisme. Sigaretten liever niet, sommigen af en toe een pijp. Lichtgekleurde broeken, 's zomers instapschoenen. In geuren en kleuren vertellen over een bepaald glas port dat ze hadden gedronken in Lissabon, zittend bij de oceaan, de schrijver Tabucchi citerend.

Moeilijk was het allemaal niet. Als je maar genoeg geld had.

Claudia werd door Livia met kussen verwelkomd en verdween meteen in een kluitje vrouwen met rokjes en bloesjes. Doni pakte een glas spumante en keek door een raam naar buiten. Het kiezelpad beneden was leeg en in het huis aan de overkant – zo dichtbij dat je met een uitgestoken hand de vensterbank daar zou kunnen aanraken – was alles donker.

'Ha, Roberto,' zei een stem achter hem.

Doni draaide zich om. Het was Nussbaum, een joodse man van een jaar of zeventig, Andalusiër van oorsprong en eigenaar van een van de oudste boekwinkels in het centrum. Ze hadden elkaar niet meer dan een paar keer ontmoet, maar Doni had er een prettige herinnering aan overgehouden. Nussbaum was intelligent en had ook nog eens een heel mooie achternaam. Daarnaast sprak hij – onweerstaanbaar vond Doni dat – met een licht Spaans accent. Niet ordinair of overdreven zangerig, maar heerlijk subtiel, net genoeg om op te vallen.

Er schoot Doni een anekdote te binnen. Toen hij een kleine jongen was kwam er op zondag altijd een Duitse journalist bij hen thuis op visite, die Doni's vader had leren kennen toen ze in de oorlog samen als soldaten in Rusland waren.

De Duitser was een van laatsten die nog moesten gaan, en een van de weinigen die levend terugkwamen. Dat had hij te danken aan een serie gunstige omstandigheden, aan een treinreis verborgen in een kist, vrienden die bereid waren hem te helpen, enzovoort. Later had Doni gehoord dat de man nog een paar maanden verloofd was geweest met een tante van hem.

De kleine Doni luisterde als de Duitser zijn doodsaaie verhalen vertelde over zijn leven als correspondent in Italië. En hoewel je je een saaier persoon nauwelijks kon voorstellen, raakte Doni iedere keer in de ban van zijn accent. Uit de mond van de mof kwam een bonte mengeling van meningen over de toestand in de wereld, roddels over de christendemocratische partij en zouteloze herinneringen aan zijn jeugd in Beieren. Maar het enige wat echt tot Doni doordrong, was de manier waarop zijn stem de medeklinkers uitsprak. Daarin hoorde hij van alles, veel meer en veel mooiere verhalen, uit heel verre streken.

'Hoe is het met u?' vroeg Doni. Nussbaums voornaam wist hij zich niet te herinneren.

'Ach, we maken er maar het beste van. Met de boekwinkel gaat het een beetje moeilijk, ik denk eraan te sluiten.'

'Nee toch? Wat jammer.'

'Nou ja, wat wilt u. Boeken zijn uit de mode geraakt. En eigenlijk ben ik het ook zat allemaal. Tegenwoordig ben ik meer een bezienswaardigheid dan een winkelier. De mensen komen alleen maar binnen om wat rond te kijken in mijn zaak, wat is het hier mooi, wat is het hier sfeervol, en om even te grasduinen bij de antiquarische boeken. Maar iets kopen doen ze niet. Laatst wilde iemand zelfs een foto van me nemen. Ik blijk de oudste boekhandelaar van Milaan te zijn. Grappig, toch? Met u alles goed?'

'Ach, we maken er maar het beste van.'

Nussbaum schoot in de lach. 'Dat is altijd het juiste antwoord,' zei hij. 'Even denken. Als ik me niet vergis houdt u erg veel van het werk van Georges de La Tour. Klopt dat?'

Doni trok zijn wenkbrauwen op. 'Dat klopt,' zei hij. 'Ik kan me niet eens herinneren dat ik daar met u over heb gepraat.'

'In mijn vak moet je een heel goed geheugen hebben, anders ben je nergens. Komt u een dezer dagen even bij me langs, dan laat ik u een paar boeken zien over die lievelingsschilder van u. Mooie dingen, niet de rotzooi die je overal ziet.'

'Zal ik zeker doen.'

'Heel goed. En verder? Heeft u al besloten waar u voor de vakantie naartoe gaat? Het is al bijna zomer.'

'Eigenlijk nog niet. Ik denk dat Claudia wel naar onze dochter in de Verenigde Staten wil. Zij werkt daar aan een universiteit.'

'Waar, als ik vragen mag?'

'In Bloomington.'

'O ja, dat is in Indiana. Ik ben er een keer geweest.'

'Echt waar?'

'Ja, een halve dag of zo. Een of andere saaie reis voor het werk, in de tijd dat ik nog wel eens op pad moest.' Hij nam een slokje spumante. 'Als jullie naar Amerika gaan, probeer dan uw vrouw mee te krijgen voor een tocht door het noorden van Californië. Daar is het echt adembenemend mooi. Ik zou jullie de meest schitterende plaatsen kunnen aanbevelen.'

'Dank u, zal ik zeker proberen.'

'En verder?' vroeg hij opnieuw. 'U bent waarschijnlijk nog steeds officier van justitie hier in de stad?'

Een veel jongere man, met een grote bril met zwart montuur, stapte even weg uit het groepje naast hen en gaf Doni een klap op zijn schouder.

'Nou en of!' riep hij uit. 'Nou en of is deze man officier van justitie hier in de stad!' Hij bleef even staan knikken terwijl hij Nussbaum en Doni beurtelings aankeek. Ze lachten elkaar ongemakkelijk toe. Toen stak de man een hand naar hen op en mengde zich in weer een ander groepje.

'Wie was dat?' vroeg de joodse man.

'Geen idee.'

Weer schoot Nussbaum in de lach. Hij lachte hoog en licht, als een kleine jongen. 'Nou ja, waar hadden we het over?'

'Helaas heb ik niet zoveel te vertellen,' zei Doni terwijl hij verontschuldigend zijn handen spreidde.

'Geen interessante zaken?'

'Het is een veel saaier vak dan veel mensen denken.'

'O, maar dat geloof ik wel, dat geloof ik wel.' Hij zweeg even. 'Heb ik u ooit verteld van de keer dat de beroemde Indro Montanelli in mijn boekwinkel was?'

'Ik geloof het niet.'

Met een ondeugend glimlachje en een veel zachtere stem zette Nussbaum de sfeer neer voor de anekdote, die een klassieker uit zijn repertoire moest zijn. 'Ergens halverwege de jaren tachtig, op een vrijdag in augustus. De stad was dus leeggelopen voor de zomervakantie en ik stond ook op het punt voor een paar weken dicht te gaan; het was de laatste dag voor mijn eigen vakantie. Ik trek mijn rolluik naar beneden, zie ik opeens Montanelli voor me staan, die een hand opsteekt en zegt: Een momentje nog. Nou, had u soms het rolluik zo voor het gezicht van Montanelli naar beneden durven trekken? Uit beleefdheid deed ik net of ik hem niet herkende, maar ik heb hem wel binnengelaten. Hij kwam meteen ter zake en vroeg of ik toevallig de eerste druk van de dichtbundel *Ossi di sepia* van Eugenio Montale had, de editie uit 1925, uitgegeven door Gobetti. Zoals u weet is dat een heel gewild boekje, waar velen naar op zoek zijn. Ik heb er in al die jaren misschien drie of vier voorbij zien komen.

Nou wilde het geval dat ik er op dat moment inderdaad een in huis had, en die had ik eigenlijk voor mezelf gereserveerd. Maar ja, jokken tegen Montanelli, zou u dat durven? Dus ik haal dat boekje tevoorschijn en laat het hem zien. Hij pakt het voorzichtig vast – je kon zien dat het een kenner was, dat wel –, bekijkt het, draait het, ruikt eraan, en zegt dan: Ja, dit is 'm, dit is 'm. Ik knik en ik zeg: Natuurlijk is het 'm. En ik denk: Nou nog mooier, hij twijfelde eraan. Montanelli vraagt: Hoeveel wilt u ervoor? Ik noem meteen mijn prijs. Hij verstart helemaal en zegt: Bent u gek of zo? Nee, ik ben absoluut niet gek, zeg ik, deze *Ossi di sepia* vindt u bepaald niet overal, en dit is de prijs die erbij hoort. Waarna hij het boek neerlegt en zonder te groeten naar buiten stapt. Dat is alles, en zo kon het gebeuren dat Montanelli nooit meer in mijn winkel is teruggekomen. Een groot journalist, zeker, maar, met alle respect, ook een grote klootzak.'

Doni groette Nussbaum en begon de woning te verkennen. Hierbij volgde hij een plattegrond waarvan hij zich niet bewust was hem te kennen. Voor het eerst merkte hij een paar art-decomeubels op, en hij neusde wat in de cd-collectie naast de stereo. Misprijzend keek hij er op neer: een warboel van new age-muziek, iets van Miles Davis, Claudio Baglioni, en drie cd's met klassieke stukken die je gratis kreeg bij een krant – de serie *De grote meesters van de notenbalk*.

'Ongelooflijk!' riep iemand in het meest talrijke groepje, dat naast de grote eettafel stond. Doni keek even achter zich en pakte toen een sandwich met imitatiekaviaar. Eigenlijk hield hij daar helemaal niet van, maar het alternatief was kleine pizza's, gevulde olijven en minikadetjes met ham (met zo'n even onvermijdelijk als gruwelijk prikvlaggetje erin).

'Oké, maar wat vind jij er dan van?' vroeg iemand anders in het groepje luid. In de gang liep Doni Claudia tegen het lijf, die net bezig was haar haar bij te werken. Hij pakte haar bij de pols. Toen ze naar hem omkeek en lachte, morste hij wat wijn op de grond. Ze leken wel twee scholieren op een klassenfeest, opeens te dicht bij elkaar, schutterig, verlegen.

'Zo,' zei ze.

'Zo.'

'Amuseer je je?'

'Waanzinnig. Ik ga straks helemaal uit m'n bol op de dansvloer.'

Ze schoot in de lach. 'Kom op, hé, zo verschrikkelijk is het nou ook weer niet.'

'Nee, dat was maar een grapje. Het is inderdaad best leuk. Ik heb een tijdje staan praten met Nussbaum.'

'Met wie?'

'Die joodse boekhandelaar.'

'Wie is dat ook weer?' Ze keek over Doni's schouder, alsof ze hem in de drukte wilde zoeken om zijn gezicht te herkennen. Toen ze Doni weer aankeek zei ze: 'Hoe was eigenlijk dat etentje met Paoli? Daar heb je niks meer over verteld.'

'Jezus, zullen we dat even laten zitten?'

'Saai?'

'Erger. Laat ik je alleen zeggen dat ik zijn neef, een mongool, een mop over mongolen heb horen vertellen.'

'Wat?' vroeg ze lachend.

'Laat maar zitten, zei ik al.'

Een slokje spumante. De voetjes van hun glazen raakten elkaar bijna.

'Maar heb je iets te horen gekregen over je toekomst?' vroeg Claudia.

'Niet iets duidelijks. Alles nog steeds hetzelfde: binnen een jaar zou ik kunnen rekenen op promotie en overplaatsing. Ik geloof naar Piacenza, maar ik zou ook kunnen vragen om Lodi.'

'Een zachte dood.'

'Nou ja, we kunnen natuurlijk ook gewoon in Milaan blijven wonen.'

'Welnee, ik kijk juist uit naar die zachte dood.' Ze glimlachte. Mooi was ze, in die donkergroene jurk en met de oorbellen die hij haar had gegeven bij hun zilveren huwelijk. Het ontroerde Doni dat zijn vrouw nog zo aantrekkelijk kon zijn, dat ze nog steeds de baas was over haar uiterlijk.

'Weet je het zeker?'

'Roberto, we hebben het er al zo vaak over gehad. Ook ik

heb genoeg van Milaan, je weet dat ik het liefst morgen uit deze stad weg wil.'

'Naar Piacenza of Lodi?'

'Maakt niet uit. Als jij er maar tevreden mee bent.'

'Zeker ben ik er tevreden mee.' Hij draaide het glas tussen zijn vingers. 'Nog meer dan de rust trekt me het idee weer eens met jongere mensen te werken. Een beetje leermeester zijn, voor zover ik daartoe in staat ben, natuurlijk. Dat heb ik altijd gemist.'

'Dat weet ik.'

'Het enige wat ik me afvraag is: en Elisa dan?'

'Wat Elisa?'

'Nou ja, hoe zou ze erop reageren? Ik bedoel, dan komt ze terug naar Italië en woont ze niet meer in een grote stad...'

Zijn vrouw zuchtte. 'Roberto, Elisa komt niet meer terug naar Italië.'

'Tja.'

'Probeer je eens in haar te verplaatsen, waarom zou ze terugkomen?'

'Ik wens het haar ook bepaald niet toe, zeker niet met het werk dat ze doet. Ik zei het zomaar. Het is toch ook weer niet helemaal ondenkbaar?'

'Nee, maar als ze terugkomt, gaat ze natuurlijk op zichzelf wonen, dus ik begrijp het probleem niet.'

'Het was niet als probleem bedoeld, rustig maar.'

Er kwam iets zachts in haar blik. 'Je mist haar heel erg, hè?'

Doni haalde zijn schouders op en nam nog een slokje.

'Kom op, ik maak nog even een kletspraatje met die totebellen en dan gaan we.'

'Geen probleem. Die spumante is heel matig, maar dat geldt inmiddels ook voor mijn smaak.'

Ze lachten allebei en gingen de kamer weer in.

'Roberto,' zei ze weer.

'Ja?'

'Is alles goed?'

'Hoe bedoel je?'

'Ik weet niet. Je doet een beetje vreemd de laatste dagen.'

'Nee hoor. Vind je me vreemd doen?'

'Misschien vergis ik me,' voegde ze er voorzichtig aan toe.

'Het zal de lente wel zijn,' zei Doni.

'Iets in de lucht.'

'Wat dan ook.'

Weer lachten ze.

Een uur later waren ze thuis, tegen middernacht. De stilte van de Porta Romana-buurt was als een enorme, in de duisternis uitgehouwen holte. Voor de spiegel in de huiskamer deed Claudia haar oorbellen uit, haar hoofd gebogen. Doni voelde zich licht in het hoofd en drukte zijn lippen op haar nek.

Daarna vrijden ze, zoals al jaren nogal gebrekkig, maar elkaar heel nabij voelend. Afgesloten van alles, in de kwetsbare en tere cocon van hun liefdesdaad, het enige wat nog echt van hun beiden was.

23

De dag na het feestje, zondag, kreeg Doni een telefoontje van zijn broer, die hij al maanden niet had gesproken. Deze vroeg hem of hij al plannen had voor de dag – die had hij niet – en of hij zin had om mee te gaan naar een sauna buiten de stad. Er was een nieuw saunacentrum geopend, ergens bij Gorgonzola, dat hij wilde uitproberen. De omgeving was daar foeilelijk, vertelde hij erbij, maar dat centrum zelf scheen heel mooi te zijn. Het voorstel verbaasde Doni nogal, maar hij ging er wel op in.

Zijn verstandhouding met Matteo was wisselend van aard. Ze waren heel verschillend. Matteo was vijf jaar jonger, maar toch leek hij de 'grote broer' van de twee te zijn. Hij was degene geweest die alle stripboeken van Marvel en DC had verzameld en ze, toen hij naar Canada vertrok, had doorgegeven aan Doni – niet andersom.

En ook was hij degene geweest die als eerste een baantje vond, zodat hij zijn eigen geld ging verdienen en in het weekend popconcerten kon bezoeken. Stiekem deed hij dat, hun vader maakte hij wijs dat hij bij een vriend ging logeren om samen te studeren. Maar dan nam hij de trein naar Bologna of Rome of Parijs, en sliep daar op de grond bij vrienden die Doni vreselijk vond en bij wie je stikte in de rook en struikelde over de pocketboeken – vergeeld, vol vlekken, vooral alternatieve Amerikaanse romans en poëziebundels uit Oost-Europa.

Als hij weer terug was vertelde Matteo, met de geestdrift

van een evangelist, al zijn avonturen aan zijn broer, in wie hij een steunpunt binnen het gezin hoopte te vinden. Uit de blik in de ogen van Matteo had Doni toen al begrepen dat je met al te enthousiaste mensen maar beter op je hoede kunt blijven.

Tijdens de jongerenrevoltes van '68 hadden ze een keer fikse ruzie. Matteo was weinig thuis, spijbelde vaak en riep dat hij geen eindexamen wilde doen omdat de school een achterlijk burgerlijk instituut was. Op een avond maakte hij zich zo kwaad dat hij een glas stuk gooide tegen de muur. Altijd maar was hij kwaad. Hun ouders wisten niet meer wat ze met hem aan moesten. 'Dat joch maakt ons gek,' zeiden ze. 'En dat terwijl we ons zoveel moeite hebben gegeven om jullie te laten leren.' Doni kon hem wel wurgen.

Een paar dagen later, toen Matteo terugkwam van weer een bijeenkomst met vrienden (je wist nooit of het daar alleen maar ging over politiek of ook over literatuur, Matteo leek eigenlijk vooral aangetrokken door poëzie), nam Doni hem apart en zei dat als hij graag een klootzak wilde zijn, dat prima was, maar dan niet meer in dit huis.

Matteo was onder de indruk, en nog jaren later sprak hij over dit moment als de eerste keer dat hij echt respect had gevoeld voor zijn broer. Die had geen gelijk, vond hij, maar hij had wel karakter getoond. Ze stonden daar in die gang elkaar een tijdje bozig tegen de borst te duwen, totdat Matteo, die kleiner was dan Doni, met zijn kont op de grond viel en plotseling begon te huilen.

Het was op een of andere manier een keerpunt geworden. Na het eindexamen, dat hij toch haalde, en ook nog met redelijke cijfers, ging Matteo voor een jaar naar Engeland, waar hij werk vond in de keuken van een restaurant en later als loopjongen. Tenminste, dat was de versie van het verhaal die hij bij zijn terugkeer vertelde, zonder verdere details. Maar die details vertelde zijn lichaam voor hem: hij was broodmager, had een schutterige motoriek gekregen en zijn ogen lagen diep in hun kassen. De roes van het leven als bohemien had hem verlaten. (Jaren later had hij Doni in vertrouwen verteld dat hij in dat jaar stapelverliefd was geweest op een Noors meisje, dat tijdens een reis door Schotland zomaar opeens bij hem was weggelopen.)

Hij ging naar de universiteit. Na zijn afstuderen werd hij assistent bij een hoogleraar filologie – een boomlange en moddervette figuur, die Matteo 'de koning der leeghoofden' noemde – maar binnen twee jaar had hij alweer andere plannen. Hij vond nog gelegenheid om twee relaties te beginnen en af te breken, een tijdje in Toscane te werken als handelsreiziger, een korte periode politiek actief te zijn voor de Radicalenpartij en Latijn te doceren op een middelbare school bij Bergamo. 'Hij maakt me gek, maar het is wel een mooie jongen,' zei hun moeder om zich te troosten.

Tussen Doni en zijn broer bleef de verstandhouding lastig en ze zagen elkaar weinig, maar in de loop der jaren was er een soort evenwicht gegroeid. Ze waren verschillend, en dat moesten ze aanvaarden, maar ze wisten dat ze op een bijzondere, unieke manier altijd op elkaar konden rekenen.

Het leven ging door. Toen hij al vijfendertig was, ontmoette Matteo een meisje uit Napels, met wie hij zou trouwen, en vond hij – dankzij Claudia, die hem introduceerde bij de algemeen directeur – een baan op de marketingafdeling van een non-profitbedrijf. Een woning dicht bij de Corso Garibaldi. Twee kinderen.

Uiteindelijk leek hij, net als iedereen, toch nog geluk in zijn leven te hebben gevonden.

Twee uur later kwam zijn broer langs om hem op te halen. Hij had kennelijk een andere auto gekocht: in plaats van de Alfa die Doni zich herinnerde, kwam er een Audi stationwagen in de Via Orti voorrijden. Hij stapte in en zette zijn tas tussen zijn benen.

'Die had in de kofferbak gekund,' zei Matteo terwijl hij optrok.

'Ach, maakt niet uit.'

'Oké. Hoe is het?'

'Goed.'

'Nog nieuws?'

'Niks. Jij?'

'Niet veel. De kleine meid heeft griep, Lalla doet je de groeten, en die klootkhommel van een Giulio heeft besloten om literatuurwetenschap te gaan studeren.'

'Aardje naar z'n vaartje.'

'Een kloothommel is het.'

'Precies wat papa tegen jou zei, en dan zei jij dat-ie een lul was.'

Matteo schoot in de lach. 'Is waar, is waar. De verheffende gedachtewisselingen tussen vader en zoon.'

Onderweg spraken ze verder weinig. Matteo liet een rock-cd in het dashboard glijden. Doni probeerde er niet naar te luisteren en informeerde alleen even naar de naam van de groep. Het was hem nooit gelukt zijn broer te overtuigen van de superioriteit van klassieke muziek.

'Led Zeppelin,' zei Matteo, en hij reikte hem het doosje aan. 'Uit onze tijd. Ga me niet vertellen dat je ze niet kent.'

'Ik ken ze inderdaad niet.'

'We hebben jaren op één kamer geslapen, man! Niet te geloven.'

Doni bekeek het hoesje. Een brandende zeppelin, de zwarte personencabine contrasterend met de compacte witheid van de wolkenlucht, stortte neer. Uit de staart van het voertuig kwam een rookpluim omhoog die leek te vervloeien met de rest van de afbeelding.

Doni legde het doosje op het dashboard en pakte zijn veiligheidsriem vast. Een paar kilometer verder moesten ze wachten voor een stoplicht. Matteo wees naar een auto die uit de tegenovergestelde richting kwam, en zei: 'Moet je dat zien!' Boven op het dak van de auto, vastgesnoerd aan de imperiaal, lag een groot houten kruisbeeld. De armen van het kruis staken links en rechts zeker een meter uit over de zijkanten.

'Mag je een kruisbeeld wel zo vervoeren?' vroeg Matteo.

'Dat lijkt me niet.'

'Zou het een priester zijn, denk je?'

'Waarschijnlijk wel.'

'Die heeft dan zeker zijn Christus ergens laten repareren,' zei Matteo lachend. Doni zweeg. Het stoplicht sprong op groen, de auto reed langs hen heen en werd, in het achteruitkijkspiegeltje, steeds kleiner, tot hij, met kruisbeeld en al, verdween achter een bocht.

Het kuurcentrum bevond zich, zoals Matteo al had gezegd, in een weinig aantrekkelijke omgeving. Het gebouw zelf was groot, wit en grijs. Het stond niet ver van de snelweg en leek slechts uitzicht te bieden op de chemische fabrieken eromheen. Maar toen ze de Audi hadden geparkeerd, zagen ze een geasfalteerd paadje dat naar de ingang leidde – op slimme wijze aangelegd aan de linkerkant, zodat de fabrieken buiten het zicht bleven – en een goed onderhouden gazon.

Doni's humeur werd nog beter toen ze naar binnen gingen. De inrichting was elegant en modern, alles in het blauw, en er hing een lichte chloorgeur, ook al in de receptiehal. Het was twee jaar geleden dat hij voor het laatst in een kuurcentrum was geweest, in Boedapest, en daar had een geheel andere sfeer geheerst, een beetje romantisch. Maar hier, midden in het zo op productie gerichte achterland van Lombardije, was alles alleen maar functioneel. En dat beviel Doni uitstekend.

Bij de receptiebalie vertelde een blonde vrouw van een jaar of veertig wat de verschillende mogelijkheden van het centrum waren. Matteo pakte een brochure en stelde een paar vragen. De vrouw suggereerde een mogelijk programma en wees hun ten slotte waar de kleedkamers waren.

De twee broers kleedden zich om en begonnen met modderbaden. Doni voelde zich eerst niet zo op z'n gemak en had last van de geur, maar na een paar minuten begon de behandeling prettig te worden. Daarna was de sauna aan de beurt, en vervolgens een niet al te heet thermisch bad.

Doni voelde hoe zijn lichaam zich ontdeed van wat het in de afgelopen dagen aan onrust en twijfel had verzameld. De hitte was zwaar en de sauna een soort marteling, maar iedere keer dat hij eruit kwam en onder een koude douche ging staan was het alsof hij in een heldere bergbeek dook en had hij de gewaarwording dat zijn huid als een dun, broos gesteente van hem af viel om een puurdere en stralender kern daaronder tevoorschijn te laten komen.

Toen ze samen in een bassin met lauw water hingen – ellebogen op de rand, gezichten rood van de warmte – vroeg Matteo: 'Voel jij je oud?'

Doni glimlachte. 'De zaak is dat ik oud bén.'

Zijn broer liet zijn rechterhand langs zijn nog stevige, gespierde linkerarm gaan en zei: 'Ik voel me niet oud.'

'Maar dat ben je wel.'

'Ik probeer een beetje in vorm te blijven.' Hij keek naar Doni. 'Jij ziet er ook nog best goed uit, trouwens.'

'We hebben het lijf van papa geërfd.'

'Taai en onverwoestbaar.'

'Zoiets, ja,' zei Doni.

'Vind jij het ook niet een verschrikkelijk idee om echt oud te worden? Dat je spieren het begeven. Dat we steeds zwakker en weker worden, steeds minder de baas over onszelf.'

'Kwestie van accepteren.'

'Jawel, maar het blijft gruwelijk. Ik ben er echt bang voor.'

'Kun je je mijn schoonvader nog voor de geest halen?'

'Die heb ik geloof ik nooit ontmoet.'

'O nee? Dan ben je een mazzelaar. Hoe dan ook, hij is in de negentig en lijkt een karikatuur van een levend wezen. Maar hij ís er nog wel. Koppig. Als een bloedzuiger houdt hij zich vast aan het leven, van loslaten wil hij niet weten. En weet je wat hij als hobby heeft? Hij verzamelt etymologieen.'

Matteo sloeg zijn ogen ten hemel.

'Ik vind het al prima als ik niet zo hoef te eindigen,' zei Doni.

'Inderdaad, daar zit het grote probleem. En als je wel zo eindigt?'

'Dan vraag ik mijn broer om rattengif in mijn soep te doen.'

'Alleen als jij hetzelfde voor mij doet.'

Doni staarde naar een punt aan de overkant van het bassin, waar het water een andere kleur leek te hebben. 'Hoe is het met je kinderen?'

'Dat zei ik al, Giulio gaat studeren en Michela heeft griep.'

'Jawel, maar ik bedoel: in het algemeen.'

'In het algemeen.'

'Ja.'

'Weet ik het. Goed wel, geloof ik. Dat zou je aan Lalla moeten vragen, niet aan mij.'

'Maar even afgezien van die studie, het gaat toch best aardig tussen jou en Giulio?'

'Ja, ik geloof het eigenlijk wel.'

'Joggen jullie nog steeds samen?'

'Elke zondag. En ik kan hem nog prima bijhouden.'

Doni knikte.

'Waarom vraag je dat allemaal?'

'Zomaar. Soms denk ik aan Elisa en dan maak ik me zorgen. Ik bedoel, kijk naar ons: we zijn met niks begonnen en nu zitten we hier in een kuip met warm water te genieten van het leven. En zo is het min of meer ook gegaan met alle mensen die we kennen. Maar onze kinderen?'

Matteo deed of hij heel diep nadacht en gooide hem toen opeens een hand water in het gezicht, zoals ze dat deden toen ze nog jongens waren en ze met hun ouders een weekje op vakantie in Spotorno, Liguria waren.

'Hé, gek!' riep Doni.

'Onze kinderen redden het heus wel,' zei Matteo lachend. 'Je maakt je te veel zorgen. Kom op, we gaan verder met genieten.'

Nu kwam de Zweedse massage. Doni had zich inmiddels helemaal overgegeven. Elke molecuul van zijn lichaam had gereageerd zoals de bedoeling was. Wat een eigenaardige gewaarwording was dat. Het was niet zozeer het gevoel dat je alles losliet, eerder een nieuwe gespannenheid, maar dan met een positieve lading: al je vezels kwamen tot leven en pulseerden van energie.

Na de massage namen ze opnieuw een koude douche, en tot slot gingen ze een jus d'orange drinken in de grote bar van het centrum. De glazen stonden te blinken op een ebbenhouten tafel en de ruimte zelf was een zee van licht. Jonge mensen in tenniskleding en dames van middelbare leeftijd met een handdoek om hun hals liepen als op een catwalk af en aan.

Doni deed zijn mobieltje aan. Hij kreeg twee sms-berichten binnen: de eerste meldde een onbeantwoorde oproep van Elena Vicenzi toen de telefoon uit stond, de tweede luidde: *Ik wil u niet storen. Jammer dat we elkaar niet meer hebben gesproken, want ik heb nieuws*. Doni beantwoordde het bericht niet. Zijn broer bestelde nog een jus d'orange, maar Doni wilde liever een witte wijn. Hij vroeg om de wijnkaart, wierp er een korte blik op en koos een traminer.

'Wat een goed idee om hiernaartoe te gaan,' zei hij.

'Eigenlijk moet je geen alcohol drinken nu,' zei Matteo.

'Ach, wat maakt het uit.'

Matteo haalde zijn schouders op. 'Doe waar je je goed bij voelt.'

'We zouden dit soort dingen vaker moeten doen.'

'Ja, ik moet toegeven dat je gezelschap minder onverdraaglijk is dan ik vreesde.'

‘Zie je wel? We gaan er juist op vooruit als we ouder worden. Dus voor dat verval hoef je helemaal niet bang te zijn.’

‘Speak for yourself. Ik ben nog midden in de bloei van mijn leven en daar wil ik nog zeker zo’n twintig jaar blijven.’

‘Misschien zou je een derde huis moeten kopen. Een in de stad, een aan zee en ook een in de bergen.’

‘Waarom?’

‘Ik weet niet, zomaar.’

‘Dat appartement in de Marche vind ik anders wel genoeg. Niet duur en mooi gelegen. Toeristen nul. Bos en zee vlakbij. En je weet dat bergen mij niet zoveel zeggen, daar zie je de horizon niet. Ik hou ervan als alles plat is en tot in het oneindige doorloopt.’

Een kwartier later trilde zijn mobieltje weer: *Ik kan een gesprek regelen met Mohammed. Het is me gelukt. Aub gauw uw reactie.*

Doni merkte dat hij sneller ademde. Het glas glipte bijna tussen zijn vingers weg. Opeens was het kuurcentrum een vijandige plek geworden, waaruit hij bij de eerst mogelijke gelegenheid wilde wegvluchten.

‘Wat is er?’ vroeg Matteo.

‘Niks.’

‘Iets met je werk?’ vroeg hij terwijl hij met zijn kin naar het mobieltje wees.

‘Werk, ja.’

Doni pakte zijn mobieltje en tikte: *Hoe heb je dat gefikst?* En terwijl hij het bericht schreef, voelde hij zich opnieuw meegesleurd door een draaikolk en buiten het bereik raken van welk genoegen ook, van welk idee van rust ook. Hij voelde hoe hij uit het kuurcentrum werd weggesleept, weg uit die heerlijke warmte van de sauna, de lelijkheid van de fabrieksterreinen in, en verder, weer naar de Via Padova, met al die mensen daar, naar alle plekken waar hij zich nooit thuis zou voelen, weer het volle leven in, alle drukte, alle ellende, de onzekerheid over de dag van morgen, de harde werkelijkheid, de onbeheersbare lust naar wraak.

Hoe heb je dat gefikst?

Meteen kwam Elena's antwoord: *Ik heb hem betaald.*

24

De regeling met Mohammed was als volgt:

1. zeshonderd euro contant;
2. geen voornaam, geen achternaam, alleen het verslag van wat hij die avond had gedaan;
3. een gesprek van hoogstens vijf minuten op een plek die hij een halfuur van tevoren zou doorgeven.

Doni keek op de kalender die aan de boekenkast hing, vóór de rechtswetenschappelijke boeken en de stukken van de zaak-Santarelli, drie dikke pillen waarmee hij anderhalf jaar in de weer was geweest. Het hoger beroep van Khaled stond gepland over tien dagen.

Een vastgeroeste gewoonte, die nog stamde uit zijn vorige werkkring, bracht hem ertoe keurig aan het secretariaat te melden dat hij tussen drie en vijf uur niet aanwezig zou zijn. De reactie was een schouderophalen.

Om tien over halfdrie verliet Doni het Paleis. De afspraak met Mohammed en Elena was bij een bar achter het Piazzale Corvetto, de Pacheco. Hij nam een taxi en liet zich afzetten op de hoek met de Corso Lodi. Hij vroeg de weg aan een jongen en vond de bar daarna meteen.

Elena stond al te wachten voor de deur, haar tas in haar hand en een mutsje op haar hoofd. Ze zag er leuker uit dan de vorige keer. Doni realiseerde zich dat hij het uiterlijk van het meisje – kort haar, een wat lompe motoriek, regelmatig gezicht – nooit echt tot zich had laten doordringen.

Hij begroette haar door zijn hand op te steken. Zij deed hetzelfde, lachte even en kwam op hem toelopen. 'Dag,' zei ze.

'Dag,' zei Doni.

'Ik ben blij dat u bent gekomen.'

'Nou ja, ik kon je natuurlijk niet alleen laten in deze situatie.' Hij keek om zich heen en vervolgde op strengere toon: 'Ook al omdat het de meest idiote situatie is waarin je je had kunnen begeven. Jij weet net zo goed als ik dat die Mohammed niet komt.'

'Driehonderd meteen en driehonderd achteraf. En hij komt zeker, dat heeft hij me beloofd.'

Doni schudde zijn hoofd. 'Je hebt hem dus al geld gegeven?'

'Dat heb ik u al gezegd, ik heb hem betaald. Driehonderd meteen en driehonderd achteraf.'

'Dus je hebt hem al gezien?'

'Nee. Khaleds zus heeft hem namens mij dat geld gegeven.'

Weer schudde Doni zijn hoofd. 'Niet te geloven.'

'Het is mijn eigen geld, meneer Doni. Verdiend met deze handen.' Ze liet haar handpalmen zien. 'Een paar extra diensten in de boekwinkel, artikelen geschreven voor vijf euro per stuk, twee weken brood met een plak ham. Ik heb altijd iets achter de hand voor noodgevallen.'

'En dit is volgens jou een noodgeval?'

'Meer dan dat!'

Doni voelde ergernis. 'Elena, alsjeblieft, laat het tot je doordringen dat je iets doms hebt gedaan.'

'Hij komt.'

'Maar je hebt hem al betaald. Je hebt hem driehonderd euro gegeven. Je had hem niet moeten vertrouwen.'

'En waarom dan niet? Omdat het een allochtoon is?'

'Daar gaat het niet om.'

'Vertelt u dan maar waar het wel om gaat.'

Weer schudde hij zijn hoofd. 'Dat heb ik je al uitgelegd. Niemand kan ons verzekeren dat Mohammed er iets mee te maken heeft. Zoals ook niemand ons kan verzekeren dat het niet juist Mohammed is geweest die Khaled erin geluisd heeft.'

'En dus heeft u vandaag de politie meegenomen?'

'Nee, ik ben hier alleen. En omdat er zeker niemand anders komt, gaan we over een kwartier met z'n tweeën weer weg.'

'Ik kan het bijna niet geloven, u gelooft er nog steeds helemaal niks van!'

'Elena, laten we alsjeblieft nuchter blijven denken. Ik heb geen enkele reden om vertrouwen te hebben in een Noord-Afrikaan die ik helemaal niet ken. Ik heb geen enkele reden om te denken dat van alles wat ik heb gehoord en gezien, ook maar iets de moeite waard is.'

'Ik kan het bijna niet geloven,' zei ze weer.

'Ik bedoel alleen maar dat...'

'Dus ik heb u helemaal voor niks rondgereden door de stad?'

'Nee. God nog aan toe, jíj bent toch de journalist? Ben jij het niet die moet weten wat echte feiten zijn?'

'Feiten brengen je maar tot een bepaald punt.'

'O ja? En wat bevindt zich daarachter dan?'

'Het wezen van de dingen.'

'Dat zijn alleen maar mooie woorden.'

Ze werden onderbroken door een stem, door een korte vraag: 'Jullie zijn het zeker?'

Allebei draaiden ze zich om. De man van de afspraak was gearriveerd.

'Kom mee,' zei hij.

Op één pas afstand liepen ze achter hem aan, Doni aan de ene, Elena aan de andere kant. Mohammed liep snel, maar zijn gezicht verraadde geen nervositeit. Hij ging een zijstraat van de Via Marochetti in. Doni probeerde hem een paar keer eens goed aan te kijken, maar het was alsof het gezicht van de man steeds wist te ontsnappen. Hij leek een jaar of veertig, had een snor, was enigszins kalend en hier en daar al wat grijs. Zijn huid was tamelijk donker. Hij droeg een spijkerjack en een lichte broek.

Ze gingen nog twee straten door en kwamen uit in een steeg die eindigde bij een groot leegstaand gebouw. Doni kende deze buurt niet goed en had geen idee waar ze zich bevonden. In ieder geval hadden ze niet meer dan tien minuten gelopen. Instinctmatig keek hij om zich heen om te zien of er ergens gevaar dreigde, maar hij zag alleen maar hoe smerig het hier was. Er was niemand buiten. Achter sommige ramen zaten oude mensen.

Mohammed hield halt. 'Is dit die rechter waar je het over had?' vroeg hij aan Elena.

'Ja.'

Mohammed keek Doni indringend aan. 'Ik doe iets wat ik eigenlijk niet moet doen. Kan ik jou vertrouwen?'

'En kan ik jou vertrouwen?' kaatste Doni terug.

Ze bleven elkaar in de ogen kijken. Doni pakte zijn pasje uit zijn portefeuille en hield het de man voor. Deze nam het aan, bekeek het en gaf het toen terug.

'Vijf minuten,' zei Mohammed. Hij sloeg zijn armen over elkaar. Elena keek Doni aan. Kom op. Doe je werk. Vraag, onderzoek, win informatie in. Doe dat wat je van alles het beste kunt, doe het nog maar eens, een andere keus heb je nu toch niet.

'Ben jij een vriend van Khaled?' vroeg hij.

'Ja.'

'Hoelang ben je al in Italië?'

'Vijftien jaar.'

'Wat doe je?'

'Pizzabakker.'

'Was Khaled met jou de avond dat Elisabetta door een kogel is geraakt?'

'Khaled was die avond met mij. Ik weet niet of dat meisje

zo heet, maar hij was met mij. Hij heeft niks gedaan.'

Elena sloeg een hand voor haar mond. Doni voelde in zijn borst iets ontploffen, maar hij ging verder. 'Waar zijn jullie die avond geweest?'

'Bij mij thuis.'

'Wat hebben jullie gedaan?'

'Thee gedronken. Gepraat. We wilden samen een pizzeria beginnen, helemaal van ons, met nog een andere vriend.'

'Was die andere vriend ook bij jullie?'

'Nee, alleen wij tweeën.'

'Had Khaled problemen met de mensen die op dat stel hebben geschoten?'

'Nee.'

'Ken je die mensen?'

Mohammed haalde een hand over zijn gezicht en zei alleen: 'Alstublieft.'

'Ken je ze?'

'Ja. Ja, maar alstublieft, vraag me niks daarover.'

Doni knikte. Hij stelde een andere vraag: 'Heb je wel eens met de politie te maken gehad?'

'Wel eens, maar niks ergs.'

'Wat dan?'

'Niks ergs. Toen ik hier pas was, beetje verzet tegen de politie. Daarna nooit meer, ik zweer het.'

Doni keek naar Elena. Ze stond er onbeweeglijk bij, haar lichaam iets naar voren gebogen, alsof ze elk moment kon wegrennen naar het begin van de steeg.

'Zou je een verklaring willen afleggen?'

Mohammed keek naar de grond. 'Ik kan het idee dat Khaled opgesloten zit niet langer aan. Ik slaap al zes maanden niet.'

'Zou je een verklaring willen afleggen?'

Hij keek hen aan. 'Ik heb bescherming nodig.'

'Je krijgt dan alle bescherming die je nodig hebt.'

'Ik slaap al zes maanden niet. Khaled is mijn vriend. Begrijpen jullie wel wat ik doe?'

'Jij hebt de mogelijkheid hem uit de narigheid te halen.'

'Maar dat wil hij niet! Toen ik hem ging opzoeken, zei hij dat ik mijn mond moest houden, mond houden, mond houden. Ik wilde dat niet. Het is niet goed, het is helemaal verkeerd zo. Maar hij zegt dat het gevaarlijk is en dat ik mijn mond moet houden. Zijn zus, Yasmina, belt me elke dag, maar ik kan niet tegen Khaled in gaan. Alleen: ik kan niet meer slapen! Ik kan niet meer slapen! Het is verschrikkelijk! Verschrikkelijk!'

'Waarom heb je dan geld aangenomen om er nu wel over te praten?'

Mohammed wachtte even en antwoordde toen: 'Dat geld was niet voor mij. Dat heb ik aan Yasmina gegeven.' Hij keek Elena aan. 'De rest kan je direct aan haar geven. Wij zullen elkaar niet meer zien.'

Weer legde de journaliste haar hand over haar mond. Ze keek Doni aan, die zijn tanden liet knarsen. Zo sterk kon in deze wereld dus loyaliteit zijn, en zo nutteloos. Twee schlemielen die elkaar willen helpen en elkaar daarmee juist verdriet doen. Absurd was het. 'Dus je legt een verklaring af?' vroeg hij.

Mohammed antwoordde niet. Hij speurde links en rechts de omgeving af.

'Als je besluit een verklaring af te leggen, kunnen wij je helpen,' zei Elena. 'Dat heb ik je al eerder gezegd.'

'Ik moet gaan,' zei Mohammed.

'Wacht nog even. Waarvoor ben je bang, voor wat precies? Wil je ons dat nog vertellen?'

Geen antwoord.

'Hebben de mannen die op dat stel hebben geschoten je bedreigd? Weten die van jou?'

Weer kwam er geen antwoord. Hij wees alleen even op zijn pols, om nog eens aan te geven dat de tijd om was.

Doni wist niet wat hij verder zou kunnen vragen, dus liet hij hem een eerder antwoord nogmaals bevestigen. 'Kan je ons verzekeren, ook al wil je dat dan misschien niet officieel uitspreken tegen de advocaat van Khaled – en ik geef je mijn woord dat we na afloop van dit alles nooit meer contact met je zullen opnemen –, kan je ons verzekeren dat Khaled bij jou was en dat hij dus onschuldig is?'

Hij keek hen aan, eerst Doni, toen Elena. 'Ja. Hij was bij mij. Haal hem eruit, maar noem niet mijn naam, alstublieft.'

25

Doni wilde even terug naar zijn kantoor en zei tegen Elena dat ze op hem moest wachten in de Bagatella. Hij gaf haar het adres en drukte haar op het hart tegen de eigenaar – Renato – te zeggen dat ze een kennis van hem was.

In het Paleis liep Doni even naar het archief van het Hof van Beroep om een ordner op te halen. Hij had een hekel aan dat archief, maar de wanorde van die kamers maakte hem nu ook wat rustiger. Overal stonden hier dossiers uitgestald, die de stille onderlinge afspraak leken te hebben gemaakt dat ze zich geen moer van elkaar aan zouden trekken. Er raasde hier een constante nachtmerrie van catalogisering, het was een rijk dat continu veranderde, dat steeds anders werd ingedeeld. Elk jaar had zijn eigen kleur, en je kreeg – waarschijnlijk niet ten onrechte – het idee dat naarmate je verder naar achteren zou lopen, de chaos steeds groter werd.

Hij nam het dossier mee naar zijn kamer en begon het te lezen. Maar omdat hij zich niet kon concentreren, klikte hij het bestand 'Testament' open en herlas de passage over gerechtigheid. Toen verliet hij zijn kamer opnieuw, om naar de bar van het Paleis te gaan. Er was daar niemand die hij kende. Hij nam koffie en trok een chocoladereep uit de automaat, die hij op de trap naar beneden oppeuzelde. Opeens stond hij in het souterrain. Neergekwakte kapotte computers. Kopieermachines waarvoor niemand meer een bestemming wist. Gangen met hopen kalk op de grond die uitkwamen bij grote metalen deuren. Vochtvlekken.

Hij bleef stilstaan in een grote lege zaal, naast een paar verchroomde buizen, sprak hardop zijn naam en achternaam uit en luisterde naar de echo. En pas toen drong tot hem door waar hij was terechtgekomen, waar hij zich bevond zonder dat daar ook maar de minste reden voor was.

Troep verzameld uit de eeuwige troep erboven. Het krioelende Paleis dat continu op instorten stond, zonder ooit echt in te storten.

Toen hij de Bagatella binnenstapte, zat Elena in een hoekje de *Corriere della Sera* te lezen, een pen tussen haar vingers en naast haar een notitieboekje. Het was nogal druk, maar Renato kwam meteen op Doni toelopen.

'Uw nicht is hier,' zei hij.

'Ah, dank u,' zei Doni. 'Het is mijn nicht niet, hoor.'

'O, oké.'

Het schoot Doni te binnen dat Renato's zoon aan kanker leed. 'Hoe is het met uw zoon?' vroeg hij.

'Hij gaat steeds meer achteruit. Weinig hoop.'

'Wat afschuwelijk.'

'Zo gaat dat.'

Ze bleven even zwijgend bij elkaar staan; toen liep Doni naar Elena's tafeltje en ging bij haar zitten. Ze vouwde de krant dicht en legde die op de stoel naast haar.

'Dus,' zei ze.

'Dus.'

'Wat doen we nu?'

Doni zuchtte diep. 'Wat zal ik je zeggen?'

'U hebt Mohammed toch gehoord? Het is nu duidelijk dat Khaled niet schuldig is. Ik zal Yasmina bellen en checken of ze echt dat geld heeft gekregen.'

'Dit bewijst allemaal nog niets.'

'Natuurlijk wel! U maakt een grapje, zeker.'

Doni bracht zijn handen bijeen op het tafeltje, verstrengelde zijn vingers en kneep ze krachtig samen. Alsof hij zijn laatste krachten naar één punt van zijn lichaam bij elkaar wilde schrapen en ze als een compacte eenheid wilde voelen, om zich zo van hun bestaan te verzekeren.

'Elena, voor de laatste keer, het gaat er niet om wie precies wie heeft geraakt in een of ander straatgevecht, en ik ben geen boezemvriend van Khaled of Mohammed. Mijn positie is heel gecompliceerd,' zei hij. Het leek een samenvatting van alles wat hem had gevoerd tot waar hij nu was. Hij voelde angst, paniek, iets wat hij tot nu toe buiten de deur had weten te houden. De emotie leek hem te overweldigen, met hem op de loop te gaan, alsof het beslissende woord al gezegd was en hij afgeschreven was, veroordeeld tot het laf ontwijken van de consequenties van wat hij had laten gebeuren. Hij probeerde zich in toom te houden en verborg zijn handen onder tafel.

'Mijn positie is heel gecompliceerd,' zei hij weer. 'Ik ben een dienaar van de publieke zaak en ik moet me aan regels houden, ook al is dat een woord dat jou niet bevalt en zie ik al aan je gezicht dat je er tegenin wilt gaan. Maar ik ben degene die moet beslissen hoe we doorgaan, en of we doorgaan. Al hebben we alle feiten die je maar wilt in handen, het kiezen van de juiste weg doe je niet zomaar een-tweedrie. Uitzonderingen altijd, fouten nooit.'

Elena staarde naar de leeggedronken koffiekop die voor haar stond. Doni zag dat haar lippen heel licht beefden, en even dacht hij dat ze het op een schreeuwen zou gaan zetten. Maar ze zei alleen maar: 'Ik heb dat stuk van u over Paolo Borsellino gelezen.'

'Wat?'

Even was het stil, de lucht trilde.

'Dat wil ik u al een tijdje zeggen. In een lokale krant van Ancona heeft u een stuk gepubliceerd over Borsellino. Hoe u dat voor elkaar heeft gekregen, weet ik niet, maar voor een officier van justitie zal het wel niet zo moeilijk zijn om op de voorpagina van een plaatselijke krant te komen. In ieder geval was het op internet makkelijk te vinden. Het heeft vast veel mensen geraakt.' Ze begon eruit te citeren:

'En bij gebeurtenissen van deze aard, in situaties waarin niet alleen het recht, maar ook onze morele waarden in hun diepste wezen worden bedreigd, treden er helden naar voren. Wat leven we in een treurig tijdperk, als de held degene is die het recht moet toepassen in een democratisch land waarin dat recht lijkt te verstikken. Wat leven we in een treurig tijdperk, als de held een magistraat is die wordt vermoord.'

Doni was verbijsterd. 'Heb je dat allemaal uit je hoofd geleerd?'

'Alleen deze zinnen. Het is een mooi stuk, meneer Doni, maar ik zal u iets zeggen: u vertrouwt te veel op helden.'

Doni was gevleid, maar voelde tegelijkertijd zijn angst nog verder toenemen. Hij had dat artikel geschreven op aanraden van een bevriende journalist, en inderdaad waren er veel positieve reacties op gekomen. Hijzelf had er ook goede herinneringen aan, hij verwees er zelfs naar in het bestand 'Testament'. Maar hij had niet gedacht dat het op internet te vinden zou zijn en dat Elena het had kunnen lezen.

'Hoe bedoel je?' vroeg hij.

'Hoe zal ik het zeggen? U vindt dat het goed is dat er mensen als Borsellino bestaan, over wie u dat stuk hebt geschreven, mensen die het op zich nemen om de rekening te betalen die eigenlijk voor ons allemaal is. Kennelijk vindt u dus dat het goed is dat er heel veel slechte mensen zijn, heel veel min of meer goede mensen en een paar héél goede mensen, die het leed van de anderen op hun schouders nemen, en eronder bezwijken.'

'Dat heb ik nooit beweerd en ook nooit gedacht.'

'Dat weet ik wel, meneer Doni, maar volgens mij ligt die overtuiging ergens in een hoekje van uw onbewuste te slapen.'

'Mijn onbewuste ken ik toch echt wel beter dan jij.'

Elena lachte. 'Nee hoor, het heet niet voor niets onbewuste.'

De Bagatella begon leeg te lopen en het kon niet lang

meer duren voor Renato de eerste stoelen zou omkeren om ze op de tafels te zetten.

'Hoe dan ook,' ging Elena verder, 'het gaat om iets anders. Het gaat erom dat deze mensen, deze helden die u terecht bewondert en bejubelt, het strijdperk hebben betreden met alleen hun eigen wapens. Heel lichte wapens, meneer Doni. Niemand had hun gezegd dat het mooi was om de verantwoordelijkheid op je te nemen – en als iemand dat misschien wel heeft gezegd, was het waarschijnlijk een grote huichelaar. Maar kijk: ze zijn tóch de strijd aangegaan. Ze waren gewoon van vlees en bloed, als vlees en bloed zijn ze gestorven, en hun wapens waren heel licht – geen andere dan die van u en mij. Intelligentie, eerlijkheid, opofferingsgezindheid en vooral de overtuiging dat strijden beter is dan je overgeven, want mensen die zich overgeven hebben we meer dan genoeg in dit land. Maar geen van hen was een heilige, meneer Doni. Geen van hen zag er enorm naar uit op die manier aan zijn einde te komen, echt niet. Geen van hen wilde vermoord worden.'

'Maar dat is wel hun lot geworden, en ze zijn het met waardigheid tegemoet getreden.'

'Nee, nee, u ziet het nog steeds verkeerd. Op deze manier legt u ze in een vitrine en kunt u alle ellende bij hen achterlaten: ach, die helden toch, onze helden!' Elena zwaaide driftig haar hand op en neer. Haar gezicht was rood aangelopen. 'Nee, het antwoord is veel simpeler. Ze hebben het gedaan omdat het juist was zoiets te doen. Dat is alles. Zonder hoofdletters, zonder abstracte verklaringen.' Ze zuchtte. 'Verplaatst u zich eens in mij. Ik heb niet echt vast werk, ik ben een vrouw, ik moet de eindjes aan elkaar knopen en veel beter zal het in de toekomst waarschijnlijk niet worden. En toch blijf ik achter de waarheid aan zitten, zolang ik kan. Waarom?'

'Omdat het juist is zoiets te doen?'

'Precies. Lichte wapens, meneer Doni.'

Renato kwam bij hun tafeltje om te zeggen dat het over

tien minuten sluitingstijd was en Elena maakte daar gebruik van om een biertje te bestellen. Even keek Renato verstoord, maar toen ze het nog een keer heel vriendelijk vroeg, ging hij het toch halen. In één teug dronk ze het glas leeg. Ook Doni had er wel zin in, maar hij besloot pas later iets te drinken, thuis, als hij weer bij Claudia was. Claudia. Waar zou ze eigenlijk zijn nu?

Ze gingen naar buiten. Twee duiven stoven met klapperende vleugels weg. Daar was Milaan weer, hun stad, het nest waarop hij was neergestreken, groot, leeg, verlaten.

Toen ze op het punt stonden uit elkaar te gaan, zei Elena: 'Dus onthoudt u het alstublieft: helden bestaan niet. En het kwaad, dat staat los van wetten en zo. Het kwaad is alleen maar lijden. Meer niet.'

'Dat klinkt als een evangelie,' zei Doni. Hij wist niet meer hoe te reageren op haar uitspraken en wilde alleen nog maar weg.

'Ja, dat is mijn evangelie.'

'En wat is het goede dan, in deze theorie?'

'Verlossing,' antwoordde ze terwijl ze haar armen over elkaar sloeg. 'Verlossing voor iedereen die er recht op heeft.'

26

Twee dagen na de ontmoeting met Mohammed kocht Doni drie cd's in de winkel in de Via Vivaio. Achter het etalageraam hing nog steeds het bordje OPHEFFINGSUITVERKOOP en de vrouw met de zwarte plastic bril zat nog steeds aan het tafeltje met de laptop. Ze groette hem niet. Doni nam een oudere uitvoering van de drie symfonieën van Mahler, het eerste deel van de suites van Händel (door Gavrilov en Richter), en als laatste *Led Zeppelin I*.

Voor hij ging afrekenen schoof hij, alsof hij nog even in het hoekje met de paar schamele opera-cd's wilde kijken, achter haar tafeltje langs en wierp van bovenaf een blik op de zittende vrouw. Hij zag dat ze bezig was op een of andere datingsite. De woorden die ze op dat moment typte kon hij lezen: *Jij lijkt me ook wel een lekker ding...*

Hij betaalde de cd's en stapte weer naar buiten. Weer ging hij langs bij Peck, kocht daar rauwe vis, dun, knapperig brood en een potje eendenpaté. In een traag tempo liep hij naar huis. De twee plastic tasjes botsten telkens tegen zijn rechterknie.

Toen hij binnenkwam zat Claudia op de bank de vrouwenbijlage van de krant te lezen. Er stond muziek aan op achtergrondvolume, zoals zij dat graag had.

'Debussy?' vroeg hij.

'Chopin,' zei Claudia. Ze legde het blad op tafel.

'Ik dacht toch echt...'

'Dan moet je er toch wat meer op studeren, schat. Wat heb je allemaal meegebracht?'

'Gewoon een paar dingetjes.'

Ze kwam op hem toelopen en kuste hem op zijn wang. Doni liep naar de keuken en deed zijn colbert uit. Hij koos een fles rode wijn – een lichte, uit Trentino – en schonk twee glazen in. Het zijne dronk hij achter elkaar leeg en schonk het toen weer vol. Steunend op de keukenkast bleef hij even voor zich uit kijken. In de gootsteen lag een vuil bord met een vork. Hij nam nog een slok en liep toen met de twee glazen terug naar de huiskamer.

Claudia was bezig de kussens van de bank op hun plaats te leggen. Hij reikte haar een glas aan. Ze nam het met een olijke buiging van hem over en nipte er even aan.

Doni schraapte zijn keel. 'Claudia, luister, we moeten even praten.'

'Wat zullen we nou hebben?' zei ze lachend.

'Ik wil je om raad vragen.'

'Om raad nog wel.'

'Ja, om raad. Luister even goed naar me.'

Doni drukte op de knop van de stereo. De tonen van Debussy stierven een plotselinge dood. Toen ging hij zitten, zette zijn glas op tafel en vertelde zijn vrouw waarmee hij bezig was. Hij vertelde haar dat hij, door tussenkomst van een journaliste, een soort parallelonderzoek had opgezet in de zaak waaraan hij werkte. Enkele details sloeg hij over – waaronder de avond in het jeu de boulescentrum – en ook verzweeg hij de ontmoeting met Mohammed. Maar hij beschreef haar wel hoe ingewikkeld alles aan het worden was, en vooral zijn ongerustheid daarover. Het zich uitspreken tegen Claudia bleek veel makkelijker dan hij had verwacht, en dat verbaasde hem.

'Wat denk je ervan?' vroeg hij ten slotte.

Ze had haar wenkbrauwen al die tijd gefronst gehouden, maar toen ze sprak was dat op open en warme toon, op een toon die aangaf dat ze hem volkomen begreep, zoals alleen een partner voor het leven dat kan.

'Ik denk dat je er helemaal mee moet stoppen, Roberto,' zei ze.

'Natuurlijk, dat weet ik wel. Maar als die jongen nou echt onschuldig is?'

'Het is niet jouw taak dat te bepalen. Ik ken jouw werk niet tot in de finesses, dat weet je, maar volgens mij is het toch echt niet jouw taak om dat te bepalen.'

'Oké, maar als ik nou even vind dat dat wel zo is?'

'Wat maakt het uit wat jij vindt?'

Doni zag in dat ze gelijk had. 'Ik heb inderdaad geen enkele speciale reden om van de normale koers af te wijken.'

'Precies.' Ze kwam naar hem toe en pakte zijn hand vast. Haar begrip was oprecht en hij voelde zich niet meer zo alleen staan.

'Het zijn jouw zaken niet, Roberto. Het zijn jouw zaken niet.'

'Nee.'

'Ik weet niet wat je van plan bent met dit alles, maar ik stel me voor dat er consequenties aan verbonden zijn, toch?'

'Allerlei consequenties, ja.'

Ze glimlachte. 'Nou dan. Dus ook jij ziet eigenlijk wel in dat het allemaal niet de moeite waard is. Je hebt gewoon even heel ruimhartig geluisterd naar iemand die je een andere kijk op de dingen heeft voorgehouden. Maar dat had je eigenlijk niet moeten doen, en het wordt ook zeker niet van je verwacht.'

'Nee.'

'Dat vind je toch zelf ook?'

'Natuurlijk.' Hij dacht even na. 'Alleen... Ik weet het niet, ik heb het gevoel dat ik dan niet volledig mijn plicht doe.'

'Jouw plicht is alleen maar je werk goed te doen. En dit is je werk niet. Dit zijn informele gesprekken, zo zei je het toch zelf?'

Doni zweeg. In de stilte van de huiskamer zoemde een vlieg, die af en toe ergens neerstreek.

'En wat je alsjeblieft ook niet moet doen,' zei Claudia langzaam, 'is ons leven stukmaken. En dat van Elisa.'

Doni kneep haar handen tussen de zijne. Hij probeerde te glimlachen, knikte. 'Ben ik volgens jou een goede vader geweest voor Elisa?'

'Wat is dat nou voor vraag?'

'Ze antwoordt me niet, ik hoor nooit iets van d'r.'

'Weer datzelfde verhaal...'

'Het is echt zo, Claudia. Ik weet niet waarom, maar sinds ze naar de universiteit is gegaan, lijkt dat meisje een hekel aan me te hebben. Eerst was het burgerlijkheid, dat ik een burgerlijk mannetje was – nog erger dan wat ik op zijn zestiende van mijn broer te horen kreeg. Toen wilde ze natuurkunde gaan studeren, oké, en ze is er ook heel goed in, maar ze beweerde dat ik haar niet had gesteund. Is dat zo?'

'Nou ja, erg enthousiast was je niet...'

Doni zuchtte. 'Oké, oké, ik geef al mijn fouten toe. Ik vroeg me alleen af of ik haar een goed voorbeeld heb gegeven. Heb ik haar volgens jou een goed voorbeeld gegeven?'

'Natuurlijk,' zei Claudia.

'Gelukkig.'

Was dit het dan? De vader die weer zijn plek krijgt in de schoot van het gezin, vergeven en opgebeurd?

'Roberto, kun je me dan nu beloven dat je geen stommiteiten begaat met deze geschiedenis?'

Plotseling schoot het Doni te binnen dat hij de volgende dag naar dat congres moest. Hij had een ticket gekocht, maar hij wist de tijd van zijn vlucht niet meer. Die wilde hij opzoeken. 'Wacht even,' zei hij, en hij liep zijn werkkamer in om zijn computer aan te zetten. De *Maria Magdalena* van De La Tour hing er nog steeds, de kaars nog brandend, de vlam nog even teer.

'Ik moet even mijn mail checken,' zei Doni een beetje buiten adem en ongemakkelijk grijnzend. 'Morgen ben ik de hele dag weg, en ook de nacht.'

Door de open deur keek Claudia hem verbijsterd aan. 'Hoe dat zo?'

'Ik heb een congres in Rome.'

Ze greep zich vast aan de deurlijst tussen de twee kamers. 'Dat heb je me niet verteld.'

'Nee, je hebt gelijk.'

Argwanend keek ze hem diep in de ogen. 'Waarom heb je me dat niet verteld?'

'Omdat ik het vergeten ben. Het is belangrijk voor die promotie. Ik moet erheen van Paoli, heel vervelend allemaal.' Hij grijnsde weer, haalde een hand door zijn haar. 'Echt balen, maar ik kan er niet onderuit.'

'Is dit een smoes om weer met die journaliste op pad te gaan?'

Met een ongelovige glimlach draaide hij zich naar haar toe. 'Je maakt een grapje, hè?'

'Nee. Het lijkt er namelijk op dat je er een gewoonte van gaat maken me voor te liegen.'

'Ik heb je niet voorgelogen. Ik bedoel, ik probeer absoluut niet zoiets als jij denkt voor je verborgen te houden of zo. Op mijn leeftijd zeker!'

'Ik denk niet "zoiets". Ik denk alleen maar dat jij me hebt voorgelogen.'

'Oké, nogmaals sorry. Maar ik zweer je dat ik morgen echt naar Rome moet. Wacht.' Hij zocht de e-mail met zijn vluchtgegevens en printte die. 'Hier, kijk maar.'

Claudia pakte het blad van hem aan en wierp er een korte blik op. 'Ik breng je wel naar het vliegveld,' zei ze.

'Hoezo, geloof je me niet? Denk je dat ik dat ticket heb geboekt om een alibi te hebben of zo?'

'Ik zeg alleen maar dat ik je wel naar het vliegveld breng.'

Doni legde een hand over zijn gezicht. Hij voelde de impuls het fijn te knijpen, aan stukken te scheuren, te verwoesten.

'Oké,' zei hij. 'Oké.'

'En zet dat hele gedoe uit je hoofd. Alsjeblieft.'

'Ja.'

'Roberto, echt, ik weet niet wat er allemaal met je gebeurt.'

'Oké,' zei hij weer,

De vlieg was naar de werkkamer gekomen en zoemde nu ononderbroken.

27

Zijn vlucht arriveerde precies op tijd. Doni had alleen handbagage, dus kon hij meteen doorlopen naar de trein die het vliegveld verbond met station Termini in het centrum. Over een paar minuten vertrok er een. Bij de kaartjesautomaat ging hij in de rij staan achter vier jongens met enorme rugzakken. Ze hadden moeite om alle toetsen te begrijpen en vloekten in het Spaans. In de trein probeerde hij zijn hoofd leeg te maken en zich voor te bereiden op de vervelende middag die hem te wachten stond.

De rest van de dag verliep volgens het schema dat hij voor zichzelf had opgesteld: hij kwam aan in het centrum, bracht zijn koffer naar het hotel – dat was in de Via Catalana, dicht bij de synagoge – en nam toen een taxi om naar het Piazza Venezia te gaan.

'Dat kunt u makkelijk lopen, hoor,' zei de chauffeur.

'Doet er niet toe,' zei Doni. 'Ik heb het warm en ik heb geen zin om te lopen.'

De waarheid was dat hij een hekel had aan Rome en de stad zo min mogelijk lijfelijk wilde ervaren. God, of iemand in zijn opdracht, had deze stad gestraft met extreme schoonheid, een schoonheid waarmee de inwoners dachten welke ondeugden dan ook te kunnen rechtvaardigen, en die dus een soort stoute kinderen van hen had gemaakt. Hij had een hekel aan de pracht en praal van Rome, hij had een hekel aan het bijna fysieke uitdijen van de tijd dat hij er elke keer weer ervoer. Maar vooral had hij een hekel aan de naïeve en oppervlakkige levensvreugde van de Romeinen, hun niet aflatende zorgeloosheid. De mentaliteit in Rome was die van heel Italië in het klein: eigenlijk zijn we allemaal prima mensen, en eigenlijk zijn we allemaal precies hetzelfde als we voor een bord pasta zitten, dus waarom zouden we het elkaar moeilijk maken?

De laatste keer dat hij in de hoofdstad was geweest had hij zichzelf beloofd er, behalve in heel bijzondere gevallen, nooit meer terug te komen. Dit was kennelijk een heel bijzonder geval.

Iets te laat stapte hij de congreszaal binnen, die zich in een voormalig pauselijk paleis bevond. Hij zocht een plaats in een van de achterste rijen, stak zijn hand op naar twee collega's die hij van gezicht kende, waarna de marteling begon.

De eerste drie bijdragen waren op de rand van het schandalige. Incompetente sprekers die filosofische denkbeelden – een ervan citeerde wel zes keer Nietzsche – combineerden met wat vage noties van rechtswetenschap.

Doni was uitgeput en voelde zich één brok ergernis, maar hij moest volhouden. Hij maakte gebruik van de pauze om even wat koud water over zijn gezicht te laten stromen en zo, samen met het zweet, wat van zijn onrust weg te wassen.

Verrassend genoeg was de laatste bijdrage tamelijk interessant. De spreker was een jonge onderzoeker uit Modena die vond dat de term 'goed' vervangen moest worden door 'waar'. Ethiek en waarheidsvinding hebben niets gemeen, en bijvoorbeeld het kale feit dat er zes miljoen joden zijn vermoord zou voor de rechtswetenschapper geen verdere betekenis moeten hebben. Onderzoek zou zich moeten beperken tot het vaststellen van het exacte aantal, zonder nadere conclusies te trekken.

Hier en daar werd gekucht, en ook Doni haalde zijn wenkbrauwen op bij het horen van deze stelling. De spreker had die reacties kennelijk voorzien, want hij sloot af met de uitspraak dat zijn inzichten misschien nogal treurig waren, maar dat treurigheid inherent was aan het menselijk bedrijf.

Toen het congres was afgelopen, ging Doni twee Romeinse collega's, de organisatoren en nog een paar andere mensen de hand schudden. Hij babbelde hier en daar wat, bracht de groeten van Paoli over, en toen de helft van de deelnemers zich op weg begaf naar de hapjes en drankjes, die achter een glazen wand stonden te lonken op een fraaie binnenplaats, wist hij dat zijn taak erop zat.

Hij ging terug naar zijn hotel, nam een douche, trok een ander overhemd aan en begaf zich daarna weer naar buiten. Nu hij toch al het gevaar tegemoet trad, besloot hij te gaan eten in Trastevere. Hij was te moe om weerstand te bieden aan de stad en te gejaagd om meteen naar bed te gaan.

Hij liep een stuk in noordelijke richting, ging de Garibaldi-brug over en bereikte zo de oude wijk. Het was of hij zich alles hier kon herinneren. Rome leek op een heel eigen manier onveranderlijk, alsof de stad van het nieuwe millennium nog een andere stad in zich verborgen hield, een veel oudere kern, die er altijd hetzelfde uitzag. Maar die andere, oudere stad had niets te maken met alle ruïnes die hier zo koppig standhielden. Nee, het was iets eenvoudigers, iets middeleeuws, iets wat te maken had met de cultuur van het plebs, van het vulgus.

Doni vond een restaurant dat hem wat minder toeristisch leek dan de andere. Op het terras bestelde hij spaghetti alla carbonara en een halve liter rode wijn. De wijn was nogal wrang maar de pasta heerlijk. Hij besloot zich bij de koffie een glaasje grappa te gunnen, en na de koffie gunde hij zich er nog een. Uit vele richtingen kwamen zwermen jongeren aanlopen, druk en in uitgaansstemming, die elkaar even schampten en toen weer alle kanten op stoven. Het was donderdag, maar het leek wel zaterdag, en overal op straat hoorde je luide stemmen, geschreeuw, muziek en gerinkel van flessen.

Doni stond op, wandelde niet meer dan een meter of honderd en streek toen opnieuw neer, dit keer bij een bar op het Piazza di Santa Maria in Trastevere. Er stonden twee tafeltjes buiten, waarvan er een vrij was. Gedachteloos liet hij zich neerploffen, bestelde een cognac, en even gedachteloos vroeg hij de ober of hij toevallig een sigaretje voor hem had. De jongeman haalde zijn pakje tevoorschijn, bood hem er een aan en gaf hem vuur. Terwijl hij naar het plein keek, inhaleerde Doni genietend de rook.

Het was absoluut niet benauwd. Een weldadige luchtstroom, die je alleen voelde aan je enkels en polsen, trok door de straatjes. De zonsondergang ging bijna over in schemering, en boven zich zag Doni al de eerste sterren.

Op het plein zaten veel mensen op de traptreden rond de fontein. Er werden flessen bier doorgegeven en er klonk gelach. Een zwerver probeerde te jongleren met drie stoffen balletjes, maar twee keer achter elkaar vielen ze op de grond. Toen een groepje jongeren hem plagerig begon toe te roepen, werd hij kwaad. Doni schoot in de lach. Wat kon het leven eenvoudig zijn.

Zijn gedachten gingen naar Khaled en al die andere kloteallochtonen, en hij besloot eens en voor altijd dat hij geen verdere actie zou ondernemen. Wat zou hij ook moeten doen? Bewijzen waren er niet, alleen woorden, en zijn positie legde hem een zware verantwoordelijkheid op. Wat een idioot was hij geweest om dat niet eerder te beseffen. Hij had zich gewoon laten meeslepen, dat was het.

Zijn sigaret was op, net als zijn cognac. Hij bestelde nog een glas. Ver weg van alles voelde hij zich, weggeborgen in een kleine beschermde ruimte. Met een knipoogje legde de ober een nieuwe sigaret en zijn aansteker bij hem neer. Tevreden over zijn eigen besluitvaardigheid stak Doni nog eens op. Weer liet hij zijn blik over het levendige plein strijken. De ultieme gerechtigheid, zei hij bij zichzelf, vind je alleen bij Onze-Lieve-Heer, beste Elena. Wij zijn genoodzaakt te werken met menselijke en dus feilbare normen. We leven op een puinhoop, en op die puinhoop moeten we het zien te redden.

Toen hij opstond om te betalen, merkte hij dat alle schoonheid die hij dacht te hebben ervaren, je reinste onzin was. Hij was dronken. Een officier van justitie bij het ressortsparket – dronken! Hij liep naar de toiletten, dronk water uit de kraan en liet het koud over zijn polsen stromen. Daarna verliet hij de bar en ging op weg naar zijn hotel; hij moest liggen nu.

Op de brug zat een meisje achter een uitklaptafeltje. Op de heenweg had hij haar niet opgemerkt – of was dit misschien een andere brug? Hij wist het niet meer. Het meisje was een jaar of twintig, ze zag er fris en verzorgd uit en had iets buitenlands. Op een stuk karton voor haar tafeltje stond:

IK KAN HET GEDICHT LEZEN

DAT U IN U DRAAGT

—

2 EURO

Er stond een kleine rij mensen bij haar te wachten. Doni hield halt, en terwijl hij nadacht over wat hij zou doen en in zijn zakken zocht naar kleingeld, was de rij opeens opgelost en stond hij voor het meisje.

'Goedenavond,' zei ze. 'Wilt u een gedicht?'

Een licht Romeins accent. Ze was duidelijk gewoon van hier.

'Ja,' zei Doni.

'Dan moet u zich alstublieft iets naar me toe buigen, zodat ik uw gezicht goed kan zien.'

'Mijn gezicht?'

'Ja, ik moet kunnen lezen binnen in u.'

'Aha.'

'En ik heb uw voornaam nodig.'

'Roberto,' zei Doni terwijl hij zich vooroverboog alsof hij haar een kus wilde geven. Hij hoopte maar dat ze de alcohollucht niet zou ruiken.

'Bedankt, Roberto,' zei ze glimlachend. Ze keek hem diep in de ogen. Na een paar seconden zakte haar blik langzaam naar zijn neus, en toen naar zijn mond. Vandaar ging ze weer naar boven, om zijn haarlijn in zich op te nemen, zijn oren, en nogmaals zijn ogen. De observaties duurden ongeveer een minuut. Toen pakte het meisje een stukje papier – een blaadje uit een gewoon notitieblok – en schreef daar snel enkele regels op.

'Alstublieft,' zei ze terwijl ze het Doni overhandigde. 'Dat is dan twee euro graag.'

Doni haalde een munt van twee tevoorschijn, gaf hem aan het meisje en liep met het blaadje in zijn hand bij haar weg. Pas aan de overkant van de rivier las hij het.

Eindeloze nachten wachtte ik op de dag
eindeloze nachten heb ik de dag gezocht
maar toen ik de dageraad vond
was ik de kleur van de duisternis vergeten.

Hij vouwde het op en stak het in zijn zak. De Tiber was een zwarte massa in de nacht.

In zijn alcoholwolk bedacht Doni dat het meisje een serie kant-en-klare teksten moest hebben waaruit ze, al naar gelang leeftijd, geslacht, tijdstip en uiterlijk, kon kiezen. Die had ze natuurlijk uit haar hoofd geleerd, en ze bracht er misschien op het moment zelf een kleine variatie in aan. In twee minuten had ze twee euro netto verdiend, de tijd die zijn dochter, tienduizend kilometer verderop, nodig had om alleen maar het begin van een vreselijk ingewikkelde vergelijking op te schrijven, of om op internet een boektitel te zoeken, of om de aanhef te typen van een e-mail aan een hoogleraar bij wie ze wilde werken.

Op dat moment ging zijn mobieltje.

28

Tijdens de terugreis zat Doni naast een dikke jongen die om de haverklap hoestte zonder een hand voor zijn mond te doen. Zijn enorme vleesmassa bewoog telkens heftig mee. Zelfs op duizenden meters hoogte had de wereld nog het vermogen om wie zich over haar voortbewoog te kwellen.

Mohammed was gevonden; vermoord. Aan de telefoon had Elena van spanning en angst een gebroken stem gehad.

Doni scheurde het zakje met zoutjes open dat hij van de stewardess had gekregen en probeerde er een naar binnen te werken. De dikke jongen hoestte nog steeds, en bleef dat doen.

Tot dan toe was het geweest alsof hij alleen met zijn voeten in zee was gegaan en dicht bij het strand was gebleven. Alsof hij alleen maar, met zijn blik op de horizon gericht, even de temperatuur van een onbekend stuk water had willen uitproberen, om zo misschien weer zo'n half vergeten huivering van lang geleden te ervaren.

Maar nu was het anders. Nu ging het niet meer om momenten van zwakte, nu was het allemaal niet meer te billijken met zijn leeftijd of onzekerheid over de toekomst.

Nu was er iemand dood.

Natuurlijk, het zou een absurd toeval kunnen zijn, maar Doni was ervan overtuigd dat hij verantwoordelijk was: de echte schuldige en alle andere onbekenden hadden op een of andere manier lucht gekregen van zijn gesprek met Mohammed. Waarna ze de enige persoon die iets kon vertellen uit de weg hadden geruimd, omdat die persoon had besloten om inderdaad iets te vertellen. Ze waren tot alles bereid, en ze waren gevaarlijk.

Doni keek naar de dikke jongen, die hem even zijn uitdrukkingsloze gezicht toekeerde. Het leek of de hele passagierscabine van het vliegtuig beefde als een levend organisme. Zaten ze achter hem aan? Misschien zaten ze achter Elena aan. Hoelang al?

Hij kneep hard in de stoelleuningen.

Hij had feiten gezocht, en nu waren die feiten zelf naar hem toe gekomen.

Toen ze landden op luchthaven Linate regende het. Een dik gordijn van motregen, waar Doni even naar bleef staan kijken voor hij een taxi nam. Hij stapte in, gaf het adres van het Paleis en belde toen Salvatori.

'Hallo,' klonk diens stem.

'Hé, Michele.'

'Hé, Roberto. Hoe is het?'

'Ik kom net aan uit Rome. Hé, sorry dat ik het kort hou, maar ik heb je even nodig. Ik heb gehoord dat ze een Egyptenaar hebben doodgeschoten ergens bij Cascina Gobba.'

'Ja, dat was gisteren. Maar waarom vraag je daarnaar?'

'Laat dat maar zitten. In ieder geval zou ik er graag wat meer details over horen.'

'Tja, zoveel weet ik er ook niet van...'

'Doe me een plezier, vraag het even aan de collega die ermee bezig is en vertel me dan alles als ik straks bij je ben.'

'Is goed. Maar...'

Doni verbrak de verbinding en liet zijn hoofd op de rugleuning zakken. Onophoudelijk kletterde de regen op het dak van de auto.

'Zware ochtend gehad?' vroeg de chauffeur.

'Sorry?' zei Doni.

'U ziet er moe uit.'

'Ja. Ja, ik ben heel moe.'

De chauffeur knikte vol begrip. 'Weet u wat ik doe als ik me zo voel?'

'Nee, wat doet u dan?'

'Dan zet ik mijn auto ergens neer, ergens waar het mooi is, en dan ga ik een tijdje klarinet spelen.'

'Klarinet...'

'Ja, dat is altijd mijn hobby geweest.'

'Een mooi instrument.'

'Erg ondergewaardeerd, echt waar. Hoe dan ook, als ik me moe voel, of chagrijnig, of wat dan ook – en reken maar dat dat gebeurt als je de hele dag jan en alleman moet rondrijden – dan zet ik de motor uit en speel ik wat op de klarinet. En als ze me oproepen, nou, jammer maar helaas. Een kwartiertje ben ik er dan voor niemand.'

'Dat lijkt me heerlijk,' zei Doni.

Via het spiegeltje lachte de chauffeur hem toe. 'Zou u ook eens moeten proberen.'

'Klarinet spelen?'

'Nee, de motor uitzetten en er een tijdje voor niemand zijn.'

Hij ging meteen naar de kamer van Salvatori. Toen hij had aangeklopt kwam er geen reactie, maar hij duwde toch de deur open. Salvatori zat te bellen en gebaarde hem een moment geduld te hebben. Doni bleef staan, zijn hand nog op de deurklink. Hij voelde regenwater uit zijn haar op zijn voorhoofd sijpelen. Toen Salvatori had opgehangen, sloot Doni de deur en liep naar het bureau.

'Roberto, jongen, hoe is het gegaan daar in Rome?'

'Doodsaai allemaal. Ben je iets te weten gekomen over die Egyptenaar?'

'Iets wel.' Hij pakte een blaadje waarop hij wat aantekeningen had gepend. 'Mohammed Farag, achtendertig jaar, vijftien jaar in Italië, verblijfsvergunning, beroep pizzabakker in een restaurant bij het Centraal Station. Kleine veroordeling voor verzet tegen een ambtenaar in functie, stelde niet veel voor. Woont in de Viale Monza, niet getrouwd, niks anders te melden. Zijn lichaam is om vijf uur 's morgens gevonden door een patrouillerende politieauto, aan een oever van de Lambro. Pistoolschot in de slaap.'

'Welk kaliber?'

'Wat?'

'Dat pistool, welk kaliber was dat?'

'Dat heb ik niet gevraagd.'

Doni voelde zich duizelig worden. Hij pakte het bureau vast.

'Alles oké?' vroeg Salvatori.

'Ja. Ja. Hé, en zijn er al vermoedens over het motief?'

'Geen idee. Je kunt het beter allemaal zelf vragen. De met het onderzoek belaste officier is Simona Grossi.'

'Oké. Dank je.'

'Hé, Roberto, gaat het echt wel goed met je?'

'Jawel. Die reis heeft me een beetje afgemat.'

'Je ziet er niet echt florissant uit.'

Doni probeerde te glimlachen. 'Niks aan de hand. Zodra ik een beetje ben bijgekomen, gaan we weer een keer lunchen in dat mooie restaurant waar we een maand geleden zijn geweest.'

'Tuurlijk.'

'En dan neem ik er weer zo'n lekker ambachtelijk biertje bij.'

'Groot gelijk.'

Toen hij de deur achter zich dichtdeed, voelde Doni Salvatori's ogen in zijn rug.

Hij ging naar zijn kamer en stalde daar zijn tas en rolkoffertje. Daarna liep hij naar de toiletruimte waar hij zijn gezicht waste en zijn haar wat afdroogde met een stuk papier. In de spiegel zag hij hoe verfomfaaid zijn uiterlijk was. Hij fatsoeneerde zich, schoof zijn stropdas op de juiste plaats en rook aan zijn oksels. Een nogal zure lucht.

Hij stak de gang weer over: altijd onbeheerde karretjes

vol ordners, altijd mensen die alle richtingen uit liepen en elkaar de weg vroegen in dit labyrint. Terug in zijn kamer zocht hij het nummer van Simona Grossi in de telefoonlijst en toetste het in.

'Hallo?' zei ze.

'Simona Grossi?'

'Ja, met wie spreek ik?'

'Hallo, je spreekt met Roberto Doni.'

'Dag Doni. Kan ik iets voor je doen?'

'Ik zou je graag iets willen vragen over de Egyptenaar die gisteren is vermoord. Op informele basis, hoor. Ik weet dat je er al met Salvatori over hebt gepraat.'

'Dat klopt. Is er een probleem of zo?'

'Nee hoor, helemaal niet. Maar heb je een momentje?'

'Natuurlijk. Wat mij betreft kun je meteen naar me toe komen.'

'Dank je.'

Ze legde hem uit waar haar kamer was. Doni ging naar de bovenste etage, waar ze hem al stond op te wachten in de deuropening. Een aantrekkelijke vrouw. Lang bruin haar tot over haar schouders, blauwe ogen. Een eenvoudige maar elegante verschijning.

'Dag,' zei ze terwijl ze elkaar de hand schudden. Ze ging hem voor haar kamer binnen, die net zo spartaans en sober was ingericht als de zijne. Doni moest vaststellen dat hij zich bepaald niet op zijn gemak voelde.

'Zoals ik aan de telefoon al zei,' viel hij met de deur in huis, 'wil ik alleen maar wat meer weten over Mohammed Farag. De doodsoorzaak en misschien nog wat meer nadere gegevens over de moord.'

Ze liet even een vinger langs haar neus gaan en spreidde toen een paar foto's op haar bureau uit. 'Echt duidelijk is er natuurlijk nog vrijwel niets. Aanwijzingen hebben we niet, alleen het lijk, met een kogelgat in de linkerslaap. Geen enkel teken van een worsteling, geen andere verwondingen.'

'Is het kaliber van dat pistool bekend?'

Simona Grossi bladerde in het dossier. '7.65,' zei ze.
Doni sloot zijn ogen.
'Meer gegevens zijn er niet,' ging ze verder. 'Althans niets relevants. Het is al met al een nogal eigenaardige moord. Die Farag had maar één eerdere veroordeling, voor verzet tegen een ambtenaar in functie, maar afgezien daarvan was hij schoon. Vrijgezel, werkte als pizzabakker en had een verblijfsvergunning.' Ze legde haar ineengestrengelde vingers tegen haar lippen, een bestudeerd gebaar dat Doni irriteerde. 'Het lijkt geen delict met een motief in de persoonlijke sfeer – verraad, overspel of iets dergelijks. Al kunnen we in dit stadium natuurlijk nog niets uitsluiten. Het komt erop neer dat we heel weinig in handen hebben om mee aan het werk te gaan.'
Doni knikte.
'Jij weet net zo goed als ik dat dit soort zaken uiteindelijk vaak tot helemaal niets leiden.'
'Ja.'
'Criminaliteit onder immigranten is heel ongrijpbaar. Al zijn het in dit geval dan geen Chinezen. Met die gasten is het helemaal een nachtmerrie.'
'Ja.'
Ze haalde haar handen weg bij haar mond en keek Doni aan. 'Mag ik vragen waar al deze belangstelling vandaan komt?'
'De zaak had mijn nieuwsgierigheid gewekt, dat is alles.'
'Tja, het is zeker een nare toestand.'
'Nogal ja.'
'Maar nou ook weer niet zo héél verschrikkelijk,' voegde ze er glimlachend aan toe.
'Nee,' zei Doni, 'ook weer niet zo heel verschrikkelijk.'

29

Toen hij wakker werd begon het net licht te worden. Naast hem lag Claudia te slapen op haar zij. In het halfdonker probeerde hij met zijn ogen haar silhouet na te lopen. Het was erg warm in de kamer. Zijn vrouw ademde rustig en regelmatig. Zachtjes streelde hij even over haar haar.

Doni ging de deur uit en nam, zonder dat hij een bepaalde bestemming voor ogen had, de metro: de rode lijn, richting Bisceglie. Na drie haltes stapte hij uit en vervolgde zijn tocht in tegenovergestelde – noordelijke – richting. Hij had niets te lezen meegenomen en zat daar maar, zijn tas op zijn knieën.

Bij de Porta Venezia begon het meisje tegenover hem – grote borsten, Oost-Europese ogen – haar baby te voeden. Ze schoof haar bloes en topje opzij, zodat het kind haar rechtertepel kon bereiken. Doni keek ervan op, want het was vele jaren geleden dat hij voor het laatst een vrouw in het openbaar een kind de borst had zien geven. Toen hij nog een jongen was gebeurde het vaak genoeg.

Bij Sesto Marelli, buiten de gemeentegrenzen van Milaan, stapte hij uit. Hij snoof de frisse ochtendlucht op en dronk een espresso in een bar aan de hoofdstraat. Aan een tafeltje zat een jong stel, waarschijnlijk nog geen dertig, ruzie te maken. De jongen was lang en had stekeltjeshaar, het meisje was blond en heel elegant gekleed. Ongegeneerd brulden ze elkaar hun verwijten over wederzijdse ontrouw toe.

Doni moest denken aan de vraag die Renato van de Bagatella hem laatst had gesteld: of de wereld sinds hun kindertijd achteruit was gegaan. Ja, was zijn conclusie nu.

Hij liep een stuk in zuidelijke richting en stapte bij de volgende halte weer op de metro. Meteen naast de deur vond hij een zitplaats. Een grote groep allochtonen en een paar studenten stapten ook in, en alle stoelen raakten bezet. Doni rook de stank van oksels, van leven.

Een jongen met oordopjes in en een dromerige blik. Een Zuid-Amerikaanse vrouw met haar drie kinderen. Plastic tasjes vol vlees. Twee jonge Chinezen met de armen over elkaar gevouwen. Een man met een stropdas die iets zocht op zijn iPod.

Ja, hij herkende het. Dit was Milaan. De stad waar iedereen zich een vreemdeling kon voelen, ook wie er geboren en getogen was. De stad waar een beetje genegenheid alleen met heel veel moeite was los te trekken, en waar niets je zomaar in de schoot werd geworpen. De stad die wreed was, maar je altijd eerlijk zei waar het op stond.

Waarnaar waren al die mensen op zoek? Naar geluk, wat anders? Moeizaam hun weg zoekend door de dagelijkse beslommeringen – soms schoten ze even vooruit, dan weer stonden ze bijna stil –, altijd worstelend met van alles en nog wat, altijd op zoek naar een miniem stukje eigen gebied, naar stabiliteit, naar iets wat niet meteen onder je voeten verbrokkelt. En hoeveel van hen, hier bijeen op dit moment en op deze plaats – de halte Pasteur werd omgeroepen, niemand stapte in, niemand stapte uit –, hoeveel van hen waren op zoek naar gerechtigheid?

Maar gerechtigheid was als een eg die de grond moet ontginnen en hier en daar iets overslaat: groepjes paardenbloemen, steentjes die te klein zijn om te worden meegetrokken, plekken waar de twijfel blijft ontkiemen.

Doni wreef over zijn gezicht. Toen de halte Loreto werd omgeroepen, stapte hij uit.

En liep de Via Padova in.

En nu tussen jou en mij. Telkens hield hij zijn ogen een half minuutje gesloten en liep zo dan een klein stukje verder. Even alleen geluiden horen. Fietsbellen. Flarden Spaans, Arabisch, Filippijns. Dit was een straat met vele namen, een straat die op allerlei manieren werd aangeduid. Gepiep van banden. Metaal dat tegen metaal slaat. Hij deed zijn ogen open: hij stond voor een supermarkt, twee winkeljongens waren bezig een pallet leeg te halen.

Vanaf de volgende rotonde begon hij echt goed om zich heen te kijken. Hij ging een Chinese winkel binnen en liep rond tussen de schappen. Er stonden potten, dozen en plastic verpakkingen met hem onbekende etenswaren, naast rijst, flessen saus en blikjes. De karaktertekens vormden een onderbreking van het westerse aanzien van de straat, ze openden een ruimte waartoe Doni geen toegang had. Het waren wellicht namen van groenten, maar ze zagen eruit als namen van goden.

Weer buiten stuitte hij op een straatverkoper die een tweewielig karretje achter zich aan trok, waarop hij twee grote, met een wollen trui afgedekte potten had liggen. Hij hield Doni aan en vroeg, terwijl hij de trui weghaalde, of hij misschien zin had in iets lekkers. Kleine stukjes gekookt ei, waarschijnlijk, en brood. Waarschijnlijk. Doni zei nee en liep door.

Wat doe je nou. Wat doe je nou. Hij voelde opnieuw de behoefte met iemand te praten. Aan de vrouw van een bar die met haar handen in de zij en een wit schort voor op haar gemak in de deuropening stond, vroeg hij hoe laat het was. Ze gaf hem antwoord, en Doni was blij met deze heldere, eenvoudige en precieze informatie. Hoe laat is het, vraag ik je, en jij geeft me antwoord.

Bij een pleintje stond als surveillancepost een militair busje geparkeerd. Omdat hij een krant wilde kopen, liep Doni naar de kiosk ernaast en keek even naar de drie zwaarbewapende twintigers in hun camouflagepakken. Een deel van hem vond het prima zo, want veiligheid moet voor alles gaan. Een ander deel vroeg zich af wie in godsnaam had bedacht zulke piepjonge soldaten een buurt als deze in te sturen.

Hij liep verder. Een pornobioscoop in de stijl van de jaren zeventig. Nog een krantenkiosk. Armetierige barretjes, met muren in de meest schokkende kleuren en trillende roze en blauwe neonbuizen. Aan de overkant van de straat liep een man in een grijze regenjas, haar ver over zijn kraag, handen in zijn zakken, die steeds maar uitriep: 'Zo gaat dat, zeggen ze! Zo gaat dat! O ja? Ik zal jullie laten zien hoe het gaat! Heel anders, gaat het!' Hij bleef staan en stak zijn wijsvinger in de lucht, alsof hij de hele straat wilde betrekken in zijn verontwaardiging.

Doni zag kisten met fruit die waren uitgestald buiten winkels, een tussen de gewone huizen in gepropte gammele barak, en een grote supermarkt met twee bedelaars ervoor. De gehavende tegels van het trottoir. Loslatend pleisterwerk. Vensters zonder rolluiken, gedaanten erachter die verschenen en verdwenen als in een droom. Achter de wolken een zwak zonnetje, als een kaarsvlam van De La Tour. De annunciatie van de gevallenen.

Hij zocht iets waarachter je echt verdriet zou kunnen vermoeden. Een teken, een symbool dat het geheim van deze straat zou blootleggen, iets verscheurend smartelijks, om de naam van Milaan hoog te houden. Het kon niet alleen maar doen, bewegen en handelen zijn. Er moesten werkwoorden uit een andere sfeer bestaan om de stad te beschrijven. Maar op dat niveau waren de dingen lastig te vangen, daar moest je je emoties bij laten spreken. En dat was een kunst waarmee Doni niet erg vertrouwd was. Maar wat kon hij ook verwachten van iemand als zichzelf? Hij was zo iemand die het liefst ook zijn vakanties op het werk doorbracht.

Als je altijd maar tegen de misdaad strijdt, bedacht hij, wordt je wereldbeeld op den duur gereduceerd tot een tweedeling in boeven en boevenvangers, tot een spelletje met heel simpele regels. Als je niet oppast, ga je geloven dat er buiten het Paleis niets echt kan bestaan; dat in de duizenden pagina's van een rechtszaak tegen de maffia alles staat wat er over de wereld en het universum te zeggen valt, en dat andere mensen dat alleen maar niet zien omdat ze te dom of te lui zijn. En dat we zelfs in de domeinen van grote schoonheid, zelfs in de muziek, de kunst, de liefde, niet meer kunnen ervaren dan korte lichtflitsen, dan voorbij waaiende flarden, dan elementaire deeltjes die zo teer zijn dat ze niet langer bestaan dan een fractie van een seconde. Dat er niets is wat echt waar is, wat echt van essentieel belang is, niets wat bestand is tegen de verwoestende golven van het kwaad.

Ook daarom was hij hier, ook daarom.

Hij sloeg linksaf en hoorde opeens dichtbij het geluid van klotsend water: een kade. Het volgende moment stond hij aan het Martesana-kanaal. De walkant was op veel plaatsen afgebrokkeld en hier en daar staken rietpluimen omhoog. Achter hem was een parkje met ernaast een parkeerplaats vol caravans. Een kunstmatig heuveltje verdeelde het parkje in twee helften. Op de banken zaten een paar schooljongens met hun rugzak voor zich, duidelijk aan het spijbelen om lekker in de openlucht sigaretjes te roken.

Doni liep het pad naast het kanaal een stuk af. Aan de overkant stonden de huizen direct aan het water, ertussen soms een troosteloos moestuintje met van die blauwe plastic vaten erin die ook zijn oom wel gebruikte om mest in op te slaan.

Hij ging terug naar de Via Padova – ook een soort kanaal nu hij op deze manier aan het rondvaren was – en zette weer koers richting centrum. Opeens leken de huizen en straten die hij tegenkwam hem geen enkel belang meer in te kunnen boezemen. Hier moest hij weg, dat was duidelijk. Hij kwam uit in een netwerk van straatjes achter de Viale Monza. Een wijnwinkel en een kleine supermarkt waarvan twee dikke Italianen de baas waren leken een wedstrijd te houden wie het eerst zijn rolluik omhoog had.

In een kebabzaak bestelde Doni een muntthee. Hij nam zijn kop mee naar een tafeltje buiten en snoof eerst diep het aroma op: kruiden en leer. Toen hij de laatste slok had gedronken, bleef hij nog even zitten kijken naar dit hoekje van de buurt. Niet ver achter zich hoorde hij treinen voorbijkomen: rails die in het beton geperst werden.

En misschien had het nergens iets mee te maken – en al dat geweld hier werd er zeker niet door uitgewist – maar terwijl hij zich naar de metrohalte Rovereto haastte om naar zijn werk te gaan, nam het zonlicht volledig bezit van de buurt en zag hij om zich heen opeens minieme schilfertjes schoonheid en waarheid opglanzen. En dat die waarheid pijnlijk of zelfs kwaadaardig was, maakte niet uit. Alleen daar, op de plek waar hij zich nu bevond kon hij inzien – en het was of het inzicht hem bereikte uit de lijven van de dronkaards en de gekken die daar lagen, uit hun lege flessen en half verbrande matrassen – dat de waarheid nog wel degelijk bestond.

30

Moe en bezweet ging hij het Paleis binnen door de hoofdingang en liep op een van de grote donkere trappen toe die links en rechts, als zijbeuken van een seculiere kathedraal, omhoog voerden. Boven bleef hij even staan in de grote erezaal. De bas-reliëfs uit de fascistische tijd zaten nog steeds op hun plaats: Caesar te paard, met naast hem Mussolini te paard, al hadden ze van deze laatste uit fatsoen zijn neus afgebroken. Nu kon het wie dan ook zijn. Maar, bedacht Doni, het was en bleef natuurlijk Mussolini.

Hij ging de gang rechts in. Niet veel mensen wisten dat boven die bas-reliëfs ooit een heel kleine kapperszaak gevestigd was geweest. Doni had er nog steeds spijt van dat hij zich daar nooit had laten knippen. Niet zozeer omdat die kapper zo goed was, maar om te kunnen vertellen dat hij er klant geweest was, dat hij een bepaald klein onderdeel van het Paleis – een onderdeel dat nu eens niet afkomstig leek uit de nachtmerrie van een waanzinnige maar eerder uit een negentiende-eeuwse roman – nog aan den lijve had ervaren.

In een van de zalen was een zitting gaande. Doni stapte naar binnen en bleef achterin even staan leunen tegen een van de houten banken. Hij begreep al snel dat het om een drugszaak ging. De zaalwacht die naast hem stond boog zich naar hem toe en vroeg hem of alles in orde was, duidelijk om na te gaan of Doni wel bevoegd was daar te zijn; een waakzaamheid die Doni kon waarderen.

'Ik ben een officier van justitie bij het ressortsparket,' zei hij, en hij haalde zijn pasje tevoorschijn.

'Aha, uitstekend, dank u,' zei de man, waarna hij wegliep.

In de verdachtenkooi zag hij twee jonge, potige mannen, van wie er een op een bank zat en de andere op en neer liep en voortdurend in het rond keek. Die kooien waren niet bepaald fraai, maar wel effectief. Voor ze werden ingevoerd, gebeurde het wel dat een doorgedraaide verdachte op de vensterbank klom en dreigde zich door het raam naar beneden te storten.

Doni ging in de achterste rij zitten. Hij dacht eraan hoe het zou zijn om in zo'n kooi te zitten als je onschuldig was. Om iemand voor je te zien die ging beslissen over jouw komende maanden of jaren, en daarmee over je leven, terwijl jij achter die ijzeren tralies zit – zonder reden.

Toen hij bij de rechterlijke macht ging werken, was het zeker niet zijn voornemen geweest om zich bezig te houden met zaken waarin een onschuldige in de gevangenis zit en de schuldige nog gepakt moest worden.

In de stripverhalen van zijn broer lag er aan de keuze om je leven te wijden aan de strijd voor het goede altijd een of ander trauma ten grondslag: een onrecht dat vergolden moest worden, of de dood van een dierbare. Batman en Spiderman lieten zich leiden door hoge idealen, zeker. Ze werden afgeschilderd als rolmodellen. Maar eigenlijk waren het – en dat zag ook de jonge Roberto al in – gewoon twee jongens die een groot verlies te dragen hadden.

Maar dat gold niet voor hem; hij was in deze situatie gerold door niets meer dan dom toeval.

Alleen Colnaghi had hem even – niet lang – laten zien dat je hun werk ook op een andere manier tegemoet kon treden. Voor Colnaghi was recht het goedmaken van aangedaan onrecht; niets meer, niets minder. Voor hem was het niets anders dan de jongen die het opneemt voor zijn vriendje dat zonder reden wordt geslagen. Ergens ver weg, onder decennia van Italiaanse bureaucratie en verwording, moest dit hart nog kloppen. Het rijk van het kwaad is groter dan dat van het goede, zeker. Maar niet al het kwaad kan ongestraft blijven, en niet alles en iedereen staat onder zijn bevel. Ergens moest, als een belofte van wedergeboorte, nog een onaangetast hoekje te vinden zijn. Ergens moest nog hoop te vinden zijn. En ergens moest iemand te vinden zijn om die te verdedigen.

De man die in de kooi op en neer had gelopen, ging nu naast zijn maat zitten. Hun raadsman hield een betoog over de geringe relevantie van enkele punten die de openbare aanklager had ingebracht. Hij ging diep in op een klein aspect van de manier waarop de arrestatie had plaatsgevonden. Het leek Doni een capabele advocaat.

Hij bleef nog een paar minuten zitten luisteren en verliet toen de zaal.

Op zijn kamer klikte hij zijn in-box open. Er was een mail van Elena waarin ze zich afvroeg of ze wat betreft haar persoonlijke veiligheid nu bepaalde voorzorgsmaatregelen moest nemen. Ze wilde van Doni weten hoe hij in het algemeen de ontstane situatie beoordeelde. Aan het eind volgden twee vragen:

Wat kunt u doen, nu? En welk risico loopt u?

Doni stelde haar zo goed mogelijk gerust. En op haar korte vragen gaf hij korte antwoorden:

Iets kan ik misschien wel doen, maar ik moet erover nadenken.
In het slechtste geval – of misschien het beste – loop ik groot risico.

Toen begon hij te werken, en hij beloofde zichzelf plechtig dat er de rest van de dag geen woord meer uit hem zou komen.

Iets na zessen stond hij weer buiten, in het zwakke namiddaglicht. Een wolkenmassa spoedde zich in westelijke richting, terwijl er uit het oosten juist een naderde. In de Via Pace liep hij twee dames voorbij die het hadden over het wisselvallige weer, over hoe de lentes van vroeger...

Overweeg alles goed, luister, en handel dan.

Goed, er was nog één persoon naar wie hij moest luisteren. Daarna zou hij handelen.

31

Toen hij Milaan uitreed, begon het weer te regenen. Doni deed de ruitenwissers aan. Het radiostation met klassieke muziek begon te kraken en even later gingen de geluidsgolven geheel verloren in het open land van de provincie. Doni draaide de radio uit en concentreerde zich op de weg. Een bord gaf aan dat er over drie kilometer tolpoorten kwamen. Zachtjes vielen de druppels op de ruit. De zondag was een lege ruimte, en de magistraat ging er doorheen als een vreemd lichaam.

Toen professor Cattaneo bij de universiteit met emeritaat was gegaan, had hij zijn geboortestreek bij Como weer opgezocht. In het dorp waar hij was opgegroeid had hij een villatje gekocht en was daar met zijn vrouw gaan wonen. Kinderen hadden ze niet. Eén keer per jaar, iets voor kerst, belde Doni hem op voor de gebruikelijke eindejaarswensen. Cattaneo was zijn docent strafrecht geweest, maar nog meer dan dat zijn leermeester, zoals hij dat ook was geweest voor vele andere studenten aan de Universiteit van Milaan – voor Colnaghi, bijvoorbeeld.

In die tijd gold Cattaneo als een soort klein genie. Op zijn zesendertigste was hij al hoogleraar, en toen Doni hem leerde kennen – ze scheelden twintig jaar – was hij de enige in de faculteit die zich met volle overtuiging verzette tegen zowel de listen van de oude bestuurlijke klasse als de wilde acties van de oprukkende vernieuwers. Aan het radicale gebral van studenten had hij net zo'n hekel als aan de hooghartigheid van oudere professoren. Bij een bezetting door stalinisten had hij klappen opgelopen en hij was bijna uit het docentenkorps gezet omdat hij zich had vastgeketend aan zijn bureau.

Het was hij tegen de rest.

Doni, die niets moest hebben van de activistische studentenbeweging en toen al overtuigd rechts liberaal was (sociaal, antifascistisch, republikeins rechts, wel te verstaan), vond Cattaneo's colleges geweldig. Hij studeerde bij hem af en bleef ook na de studie contact met hem houden. Aan het idee dat er op de wereld zo'n man bestond, ontleende hij kracht in donkere tijden.

Natuurlijk, hij had Claudia, maar in die begintijd van zijn juridische carrière voelde hij zich niet zeker van zijn zaak. Hij wist dat hij goed was in wat hij deed, dat hij altijd heel methodisch te werk ging, maar hij vond zichzelf niet briljant genoeg. Hij werkte zoals hij altijd had gewerkt, zorgvuldig en gewetensvol, en toch had hij continu het gevoel op heel dun ijs te lopen.

De geboorte van Elisa veranderde daar weinig aan. Het leek zelfs wel of de gevoelens van onzekerheid de vreugde van het vaderschap blijvend zouden overschaduwen. Het was een donker domein in hem waar hij met niemand over kon spreken. Met zijn collega's in Ancona niet. Met die in Gallarate niet. En in Milaan lag het allemaal nog veel moeilijker. Met Colnaghi was het misschien mogelijk geweest, maar Colnaghi was dood.

Maar achter al zijn getob was er als baken altijd nog die ene figuur: Cattaneo, de vroegere leermeester die steeds ouder werd, maar dapper standhield.

Toen Doni in 1990 op een nationaal congres onderzoeksrechter Paolo Borsellino had leren kennen, was Cattaneo de eerste die hij belde om van gedachten te wisselen over de man en diens strijd tegen de maffia.

En toen hij twee jaar later zelf voor het eerst betrokken was bij een groot proces tegen de georganiseerde misdaad, ging hij naar Cattaneo om zijn hart uit te storten over al zijn twijfels. Hij dacht gek te worden in die dagen: vreselijke nachten, vol kalmeringstabletten en nachtmerries, Elisa die met zelfmoord dreigde omdat haar vriendje het had uitgemaakt, Claudia die geen opdrachten meer kreeg, en hijzelf die zich half dood werkte voor een zaak waar hij nauwelijks in geloofde.

In de loop der jaren was het contact tussen Doni en zijn leermeester minder frequent geworden, maar het gevoel dat ze samen sterk stonden, was gebleven.

Hij passeerde de afrit voor Saronno, en even later die voor Turate. Kaarsrecht lag de snelweg naar de grote meren in de regennevel, als een langgerekte wond in rijke maar ook vijandige bodem.

Collega's van Doni die in deze contreien woonden en elke dag met de trein heen en weer pendelden, vertelden er wel eens over. Vertragingen die in hun eindeloosheid de grenzen van het geloofwaardige bereikten, dorpen waar de lichten van alle winkels stipt om acht uur uitgingen, waar geen boekhandel, theater of bioscoop te vinden was, alleen maar de enorme luchtbel van het lege land, waar alles draaide om werken tot je erbij neerviel. Zelfs de geografie van dit gebied leek iets mensonvriendelijks te hebben. Misschien omdat het hier zo plat was, misschien omdat er geen evenwichtige verhouding bestond tussen dit achterland en de stad.

Maar naarmate hij verder in noordelijke richting reed, werd het landschap steeds aantrekkelijker. Het begon heuvelachtig te worden, en toen hij bij de afrit Grandate de snelweg verliet, voelde Doni zich op een of andere manier opgemonterd. Toen hij moest wachten bij een stoplicht, pakte hij met zijn rechterhand de kaart die hij had geprint, maar een claxonstoot achter hem maakte hem duidelijk dat dit niet de plek was om de route te checken.

Hij wist dat het zou gebeuren: al na vijf minuten was hij verdwaald. De dorpen hier hadden geen logische opbouw en nergens vond je er duidelijke borden. Ze leken alleen maar te bestaan om iemand van buiten stapelgek te maken. Hij zette zijn auto aan de kant en sprak twee jongens aan die met hun fietsen bij een weiland stonden. Met de aanwijzingen die zij hem gaven wist hij uiteindelijk de plaats van bestemming te bereiken.

Eenmaal daar was het niet moeilijk meer. Cattaneo woonde aan de voet van een heuvel, in het huis dat het verst van het centrum af lag. Het was een kleine villa van rode bakstenen met een omheining. Doni parkeerde zijn auto op het grindpad en stapte uit. De regen was feller geworden en de kou bijtender. Hij had niet meer dan vijftig kilometer afgelegd en nu al leek het klimaat anders, meer winters, dan in Milaan.

Twee herdershonden kwamen zonder te blaffen naar hem toelopen. Doni belde aan – de omheining liep uit in een klein toegangshek – en wachtte. Na een paar minuten stak Cattaneo zijn hoofd om de hoek van de deur en riep hem toe naar het huis te komen. ‘Maak je geen zorgen, die honden doen niks.’

Doni liep langs een lijn van stenen die het tuinpad moesten markeren. De honden trippelden achter hem aan en snuffelden aan zijn hielen. Het gras was kleddernat en er hing een scherpe, zure lucht. Binnen deed Doni eerst zijn jas uit, die Cattaneo van hem aanpakte en ophing. Toen begroetten ze elkaar met een omhelzing.

‘Hoelang is het geleden dat we elkaar het laatst hebben gezien?’ vroeg de oude man.

‘Te lang, volgens mij.’

‘Je ziet er goed uit.’

‘Ik? Jíj bent degene die maar geen spat verandert, m’n beste professor.’

Glimlachend bekeek Doni hem eens goed. Ja, hij was inderdaad geen spat veranderd: klein, nogal gezet, dikke bos – nu grijs – haar, brilletje diep in het gezicht gedrukt.

Uit de keuken verscheen Cattaneo's echtgenote, die Doni maar twee keer eerder had gezien. Ze was heel mooi, een van die zeldzame vrouwen bij wie de vorderende leeftijd de trekken en vormen van weleer niet geheel wegvaagt, maar er een prachtige herfstglans overheen legt. Min of meer hetzelfde procedé dat van een tempel een mooie ruïne maakt: je ervaart daar geen afbraak of verval, maar wordt je slechts bewust van wat er ooit, in een verloren tijdperk, te zien was. En wat er nu te zien is, bezit ook grote schoonheid, zij het een andere.

'Hoe gaat het met u?' vroeg ze.

'Goed,' antwoordde Doni en drukte haar zacht de hand. Haar ogen waren blauw en ze droeg een rode jurk die haar een beetje meisjesachtig maakte.

'Fijn dat u een keer bij ons langskomt, we zien nooit iemand hier.'

Doni glimlachte. Hij wist niet goed wat hij moest zeggen. Cattaneo legde een hand op zijn schouder en leidde hem naar de bank in de huiskamer. De woning had uitsluitend houten meubels en deed hem denken aan een Zwitsers chalet. Aan de muur hing een grote negentiende-eeuwse pendule.

'Nou,' zei Cattaneo, 'steek van wal.'

Opnieuw vertelde Doni zijn verhaal, en deze keer zonder iets over te slaan. Hij vertelde over Elena Vicenzi, over Khaled, over de twee bouwvakkers, over Mohammed, over zijn twijfels. Geen detail hield hij achter.

Het weergeven van al die wederwaardigheden was als het afleggen van een verlaten en kale weg, een van de wegen waarover hij hiernaartoe was gereden: kapot asfalt, links en rechts open veld, rotondes die plotseling opdoemen en geen enkel bord dat je vertelt of je naar links of rechts moet. De enige zekerheid die je had was dat je er op geen enkele manier af kon, alleen jij en de weg waren er, jij en de weg.

Cattaneo luisterde zwijgend, zijn handen op zijn dikke buik.

'Wat kan ik doen?' vroeg Doni ten slotte.

Cattaneo krabde even aan zijn wang, stond toen op en liep naar de open haard. En hoewel die uit was, begon hij toch met een ijzeren pook in de achtergebleven sintels te wroeten. Even later kwam hij weer op de bank zitten.

'Denk je dat hij onschuldig is?'

'Ja.'

'Is dat volgens jou de meest waarschijnlijke conclusie?'

'Ja, maar ik heb geen hard bewijs.'

'Vertel me jouw versie van hoe het gegaan is.'

'Khaled was niet daar, maar met Mohammed. Het meisje heeft hem in het fotoalbum van de politie voor iemand anders aangezien, en haar vriendje heeft die verkeerde identificatie bevestigd – uit angst misschien, of omdat er absoluut een dader gevonden moest worden. De echte schutter maakt deel uit van een grote organisatie, in elk geval groot genoeg om snel alles te achterhalen over die gearresteerde persoon en ervoor te zorgen dat hij ook veroordeeld wordt. Waarschijnlijk hebben ze Mohammed bedreigd. Het feit dat Khaled uit dankbaarheid jegens een vriend die hem heeft geholpen diens naam niet noemt, komt ze goed uit. Dan verschijn ik ten tonele, samen met de journaliste. Ze komen te weten over ons gesprek met Mohammed en vermoorden hem, als waarschuwing. Einde.' Hij zweeg even. 'Als dit allemaal zo is, moet ik afzien van het hoger beroep en vrijspraak vragen.'

Cattaneo knikte. 'Als dit allemaal zo is,' zei hij Doni na. 'Als jouw versie correct is.'

'Ja. Maar is dat niet wat we voortdurend doen, onze eigen versie naar voren brengen? Ik, de advocaat, de rechter. Zo is het altijd. Het zijn allemaal bepaalde versies van feiten die we nooit meer in het echt zullen kunnen terugvinden, die al gebeurd zijn, en dus verloren gegaan.'

Cattaneo glimlachte en zei: 'Nu praat je als een student

die net zijn eerste rechtsfilosofieboek heeft opengeslagen.' En weer met een ernstig gezicht: 'Ik stel me voor dat je al hebt bedacht wat je gaat doen.'

Doni zuchtte diep en staarde recht voor zich uit. 'Ik heb alle processtukken drie keer achter elkaar doorgelezen. Er zijn vormfouten aan te wijzen. Het afluisteren van het mobieltje van die jongen, van dat vriendje van het slachtoffer, is gedaan met apparatuur op een politiebureau. En zoals je weet mogen telefoons alleen afgeluisterd worden met apparatuur die zich bevindt in een gebouw van het Openbaar Ministerie.'

'Maar als de apparatuur daar niet voldoet, kan een officier van justitie besluiten het anders te doen.'

'Ja, maar in de stukken van het vonnis ontbreekt een gemotiveerde beslissing van de officier. Misschien omdat het allemaal in grote haast moest gebeuren, of misschien omdat het afluisteren maar heel even heeft geduurd. In ieder geval is er geen enkel document van de officier over. En dus hadden die afgeluisterde gesprekken formeel niet mogen worden gebruikt in het proces.'

Cattaneo knikte en maande Doni met een handgebaar door te gaan.

'Het verhoor van de jongen die Khaled beschuldigt. Hierin ontbreekt de door het derde lid, letter c, van artikel 64 van het Wetboek van Strafrecht opgelegde mededeling, die moet worden uitgesproken tegen de ondervraagde alvorens te beginnen.' Doni citeerde uit zijn hoofd: 'Als u een verklaring aflegt over feiten waarvoor anderen verantwoordelijk zijn, stelt u zich, wat betreft deze feiten, formeel in de positie van getuige. Een en ander met inachtneming van de uitzonderingen genoemd in artikel 197 en de garanties genoemd in artikel 197-bis.'

Met de tevreden lach van de modelstudent op zijn gezicht keek hij Cattaneo aan. 'Misschien is het een gril van de computer geweest. Ik heb een hekel aan computers, daar kun je van alles van verwachten. Wat het dan ook geweest is, misschien een vingerwijzing van deze of gene, het staat er in ieder geval niet in. Het ontbreekt. Die verklaring mag niet worden gebruikt. En dan het meest concrete punt. De verklaring van het meisje is hier en daar onsamenhangend. Daarbij verkeerde ze in een nogal beroerde lichamelijke toestand toen ze hem aflegde. En in het album waarin de politie tussen alle andere ook de foto van Khaled had geplakt, was hij de enige met een nogal lichte huid. De andere mannen waren allemaal veel donkerder, een paar zelfs echt zwart – dat sloeg nergens op. Sorry, maar als je op zo'n manier iemand laat identificeren, dan kan dat toch geen enkele geldigheid hebben?'

Cattaneo klakte met zijn tong. 'Geen speld tussen te krijgen, lijkt me.'

'En dus?'

'Ik zou het niet weten. Je bent naar de wijze oude man gekomen om raad te vragen, maar ik heb het idee dat je alles al in handen hebt.'

'Technisch gezien wel. Maar ik vraag me af wat ik nu het beste kan doen. Jij weet beter dan ik wat ik me allemaal op de hals haal als ik vrijspraak vraag voor Khaled.'

Cattaneo's lachje klonk hoog en scherp. 'Daar wil ik inderdaad maar liever niet aan denken.'

'Precies. En ik heb natuurlijk ook te maken met allerlei regels.'

'Ja. Dus het gaat erom te bepalen wat je nu het beste kunt doen. Interessant.' Hij wreef over zijn kin en bleef, in gedachten verzonken, wel een volle minuut zwijgen.

'Goed,' zei hij toen. 'Ik neem een omweg, en leg je iets voor waarover we het vaak samen hebben gehad, Roberto. Jij bent van mening dat we met onze wetten redelijk dicht bij gerechtigheid komen.'

'Nee. Ik ben van mening dat we niets anders hébben dan onze wetten om dicht bij gerechtigheid te komen. Ik erken de feilbaarheid van de wetgever, maar als we ons gaan verliezen in een zoektocht naar de zuivere, ultieme gerechtigheid, belanden we in chaos. En orde, welke orde dan ook, is altijd beter dan chaos.'

Cattaneo stak een hand op. 'Waarvan akte. Maar ik zeg je nogmaals dat voor mij de zaken anders liggen. Voor mij verschilt de wet wezenlijk van gerechtigheid. De wet is geen licht, het is meer de lucht in een grote stad: vervuild, soms bijna niet in te ademen, maar noodzakelijk om te leven.'

'Dat lijkt veel op wat ik beweer.'

'Toch niet. In diepste wezen ben ik een idealist, en dat zeg ik met alle realiteitszin die ik in me heb.'

'Oké, oké. Maar wat zou jij doen in mijn situatie?'

'Wat ik zou doen? Tja, dat weet ik niet.' Hij kuchte en ging verzitten. 'In deze fase van mijn leven heb ik niets te verliezen, dus zou ik mijn geweten volgen. En misschien zou ik dat ook wel doen als ik nog alles te verliezen had – als ik tenminste een jaar of twintig jonger was dan jij nu bent. Op jouw leeftijd zou ik het niet weten. Weet je, ook toen ik op de universiteit me aan mijn bureau vastketende was ik niet helemaal zeker van wat ik deed. Ik stond er wel achter, zeker, met overtuiging zelfs. Maar hoe kun je geen enkele twijfel hebben over iets wat in één keer voor altijd je carrière kapot kan maken en je allerlei narigheid met je gezin kan opleveren? In die tijd heb ik begrepen dat de beoefening van ons vak enerzijds en je persoonlijke beleving ervan anderzijds, twee verschillende dingen zijn. Net zoals dat geldt voor je kennis onderwijzen aan anderen, en die kennis in de praktijk toepassen. Maar zelfs daarvan was ik niet helemaal zeker. Niemand is ooit ergens zeker van. Daarom bestaan er idealen. Daarom hebben we richtlijnen nodig, inspirerende figuren, rolmodellen – of die nou echt zijn of fictief. Want er komt een punt waar het gezonde verstand en het rationeel gestuurde handelen hun einde bereiken, waar we voor de opdracht komen te staan om een keuze te maken zonder over voldoende gegevens te beschikken. En ons niets moeten aantrekken van de eventuele gevolgen.'

Doni dacht er even over na. 'Maar dat is onredelijk!' riep

hij toen uit. 'Jezus, weet je wel wat dat betekent? Als ik weiger door te gaan met het hoger beroep, ben ik afgeschreven. Alles ben ik dan kwijt, mijn vrouw en dochter stort ik in de ellende. En dat zou ik dan moeten doen voor een of andere Tunesiër die ik nog nooit heb gezien en die misschien wel alles heeft verzonnen? Dat is onredelijk. Waarom ik?' Hij keek op. Het was alsof alles wat al een tijd in hem broeide, alle gedachten en zorgen die in de afgelopen weken in hem waren gegroeid, in één keer samen tot ontploffing waren gekomen. 'Waarom ik? Moet ik op die manier soms een beter mens worden? Nou, of het nou leuk gevonden wordt of niet, ik wíl geen beter mens worden. Ik weet niet eens waarom ik zo stom ben geweest me te laten meetrekken in deze rotzooi. Ik weet het niet, en ik wil het niet weten. Ik heb alleen maar altijd geprobeerd wat ik doe, goed te doen, punt.'

'Soms is dat niet genoeg, Roberto.'

'Waarom zou dat niet genoeg zijn? Waarom?'

'Omdat het leven zo is.'

Met een ongelovig lachje rond zijn lippen schudde Doni zijn hoofd. 'Zo is het leven. Geweldig.'

'Luister, ben jij er zeker van dat die man schuldig is?'

'Nee. Maar niemand is toch ooit ergens zeker van?'

Cattaneo maakte een gebaar als om aan te geven dat de conclusie vlak voor hun neus lag. Weer schudde Doni afwerend van nee. Hij voelde hoe het bloed uit zijn hoofd wegtrok en een plotselinge vermoeidheid ervoor in de plaats kwam.

Lichte wapens, dacht hij, waarna hij het hardop uitsprak: 'Lichte wapens.'

'Sorry?'

'Die journaliste heeft me voorgehouden dat we allemaal onze eigen wapens gebruiken, lichte wapens. Dat helden niet bestaan.'

Cattaneo haalde zijn schouders op. 'Een nogal banale zienswijze,' zei hij.

'Misschien.'

Ze zwegen. Cattaneo's vrouw verscheen even in de kamer en liep toen door naar de keuken. Doni ademde diep in door zijn neus en rook voor het eerst – het was hem nog niet opgevallen – dat er een sterke geur van jeneverbessen in het huis hing. Hij stond op en veegde wat fictief stof van zijn broekspijpen. Zijn tijd zat erop.

'Ik ga weer, professor,' zei hij. 'Bedankt voor het gesprek.'

Cattaneo keek hem even aan, zijn gezicht neutraal. 'Geen dank. Eigenlijk heb ik niets nuttigs te berde gebracht.'

'Misschien had ik er alleen maar behoefte aan mijn hart even uit te storten.'

Cattaneo pakte hem bij de schouder. 'Er kan een moment komen dat we het leven met volle kracht in het gezicht gesmeten krijgen. Meestal gebeurt dat als je een jaar of twintig bent, maar soms ook wat later. De gevallen dat het gebeurt als je denkt dat je alles al achter de rug hebt en ernaar uitkijkt om in rust de boel af te sluiten, zijn zeldzaam.' Hij kneep zijn ogen half dicht. 'Sterkte, Roberto.'

Doni knikte hem toe en schudde de hand die op zijn schouder had gelegen. 'Ik ga nog even afscheid nemen van je vrouw,' zei hij toen.

'Volgens mij is ze een boodschap gaan doen.'

'Aha.'

Cattaneo bracht hem naar de deur. Over het gazon kwam een van de honden op hen afrennen. Het regende niet meer.

'Ik hoop maar dat ik een keuze weet te maken die goed is voor iedereen,' zei Doni.

'Er is nooit een keuze die goed is voor iedereen,' zei Cattaneo. 'Je moet je afvragen wat het belangrijkste is.'

Tijdens de terugreis stopte Doni bij een tankstation voor benzine. Meestal liet hij zich helpen door een bediende, maar nu koos hij de rij voor de selfservicepompen. Hij pakte de slang, toetste tien euro in en liet de benzine in het gat stromen.

Terwijl hij zo stond, liet hij zijn blik over het lege land

gaan, langs de schoorsteenpijpen van een fabriek die zich aftekenden tegen de horizon, langs de snelweg die naar Milaan leidde. Vóór hem bij de kassa stond, zich vastklampend aan een man, een vrouw met kort haar. Ze schokte van de huilkrampen die door haar heen trokken en prevelde iets onverstaanbaars. 'Het komt allemaal goed,' zei de man steeds maar tegen haar. 'Het komt allemaal goed, het komt allemaal goed.'

32

Colnaghi had Doni een keer meegenomen naar het dak van de dom. Dat moest tegen het eind van 1978 zijn geweest. Hij herinnerde zich dat paus Johannes Paulus I net dood was, en dat carabinieri-generaal Dalla Chiesa en zijn mannen kort ervoor in een appartement in de Via Monte Nevoso een schuilplaats van de Rode Brigades hadden ontdekt. Het gesprek van de dag waren de brieven van de ontvoerde Aldo Moro die daar waren gevonden.

Ze waren een omelet gaan eten in een restaurant bij het Piazza Diaz en toen ze weer terug wandelden, had Colnaghi opeens geopperd: 'Zullen we naar boven gaan, even het beeld van de Madonnina bekijken?'

Het was een zaterdag in de zomer, na lunchtijd was de stad leeg en heet. Doni had zijn schouders opgehaald en ingestemd. Hij was nog nooit op het dak van de dom geweest en had er ook geen grote behoefte aan, maar hij wilde zijn vriend niet teleurstellen.

Ze namen de lift en stapten op het hoogste punt naar buiten. De kathedraal was toen nog zwart uitgeslagen van de smog, maar de lucht was die middag buitengewoon helder. Tegen het indigoblauw van de horizon waren in het noorden de Alpen te zien, in het zuiden zag je de uitgestrektheid van de Povlakte. Als je langzaam een rondje draaide, had je de gewaarwording het middelpunt te zijn van iets heel eigenaardigs, van een van de vreemdste plekken die je je kon voorstellen.

'Kijk toch eens wat mooi,' zei Colnaghi, terwijl hij naar de toppen van de Grigna en de Resegone wees. Hij draaide zich naar Doni, sloeg hem op de schouder en zei: 'Zal ik je eens wat vertellen? Ik heb medelijden met jou omdat je God niet in je leven hebt. Je staat helemaal alleen in alle troep, en voor jou is een blauwe hemel niks meer dan een blauwe hemel.'

Doni schoot in de lach. 'Ook zonder Jezus kan ik prima genieten van de blauwe hemel, hoor. En Maria heb ik er ook niet voor nodig.' Hij wees naar het gouden Madonninabeeld boven hen.

'Ach, misschien heb je ook wel gelijk,' gaf Colnaghi toe.

Ze wandelden tussen de vele spitsen als door een daktuin met bloemen van steen en marmer, en de eeuwenoude ornamenten leken ranke, onsterfelijke planten.

Opeens zei Colnaghi: 'Je weet toch dat ik nu met het terrorisme bezig ben, hè?'

'Ja, en ik benijd je bepaald niet.'

Maar ondanks het risico benijdde hij hem heimelijk wel degelijk, vooral als hij dacht aan de carrière die zijn vriend inmiddels had opgebouwd. Colnaghi was toch altijd de slimste van hen twee geweest, degene met het meeste talent voor het vak, de nummer een.

'Ben je niet bang?' vroeg Doni.

'Als je het echt wilt weten: nee. Het enige waar ik bang voor ben in mijn werk, is dat ik een stommiteit bega, dat ik iets helemaal verkeerd doe. Je weet hoe ik erover denk: uitzonderingen altijd, fouten nooit. Fouten kunnen we ons niet veroorloven, niet in dit soort situaties.' Hij zweeg even en zei toen: 'Laten we iets afspreken: als ik een of andere stommiteit bega, help jij me om het weer goed te maken. En andersom ook. Jou vertrouw ik.'

'Het allerergste waar ik mee te maken kan krijgen zijn moordzaken in de provincie.'

'Maakt niet uit. Laten we een bondgenootschap aangaan met z'n tweeën. Als jij een of andere stommiteit begaat, help ik je om het op te lossen. Eén voor allen, allen voor één?' Hij stak Doni zijn hand toe.

'Wel een beetje flikkergedoe, vind ik,' zei Doni terwijl ze elkaars handen schudden.

Colnaghi schoot heftig in de lach. 'Je humor wordt steeds verfijnder, heel goed.' Hij trok zijn hand terug en legde die op Doni's schouder. 'Oké, afgesproken dan. Voor ieder slachtoffer dat bij jou valt, moet ik iemand uit de narigheid halen. En voor ieder slachtoffer dat bij mij valt, moet jij iemand uit de narigheid halen.'

'En als je zelf het loodje legt?' vroeg Doni met een lachje.

'Dan moet je dus nóg iemand uit de narigheid halen,' zei Colnaghi.

33

Drie dagen voor het proces in hoger beroep zag hij Elena Vicenzi weer. Hij had haar opgebeld en gezegd dat hij graag even afscheid van haar wilde nemen en haar misschien wat zou kunnen geruststellen; ze hoefde namelijk van niemand iets te vrezen.

Ze spraken af in het centrum, aan het begin van de avond. Hoewel er nog regen dreigde – grote loodgrijze wolken en een wind vol ozon – kwam zij aan op haar fiets. Ze gingen naar dezelfde bar waar Doni haar de eerste keer mee naartoe had genomen, maar daar waren ze net aan het sluiten. Iets verderop, dichter bij de universiteit, vonden ze een café dat hij nooit eerder had opgemerkt. Elena nam een biertje, Doni een glas rode wijn. Ze vertelde over een vrouw die in de boekwinkel had gevraagd om *De vanger in het graan* van de schrijver Holden, en Doni schoot in de lach. Het leek wel een gesprekje tussen een oudere hoogleraar en zijn vroegere studente. Pas na een kwartier stapte Elena opeens over op de kern van de zaak.

'Ik móét het u vragen...' begon ze.

'Ik heb nog geen besluit genomen,' kapte Doni haar af.

'Maar u hebt zich nu wel een idee gevormd over de zaak.'

'Meer dan één.'

'Vindt u nog steeds dat uw hoger beroep terecht is?'

Doni gaf geen antwoord. Ze wachtte even en haalde toen haar schouders op. De grote ruit van het café zat opeens vol regenspetters. Doorzichtige sproeten die het zicht op de straat vertroebelden.

'U weet nu toch wel hoe het allemaal gegaan is?' vroeg Elena.

'Ik kan tot een soort reconstructie komen. Feiten heb ik niet.'

'Ach, kom op! Alstublieft zeg...'

'Ik zeg je alleen maar hoe de zaken ervoor staan. Er zijn geen feiten. Er is sprake van een samenloop van omstandigheden die te denken geeft, maar niet van feiten.'

'Dus volgens u is Mohammed vermoord door een sámenloop van omstándigheden?'

'Dat heb ik niet gezegd.'

Elena zuchtte diep. 'Luister, als u niet wilt, kan ik er niets aan doen, en ik kan het u eigenlijk ook niet kwalijk nemen. U schreef dat u groot risico loopt, en ik geloof u, en zeker heeft u veel meer te verliezen dan ik. We kennen elkaar eigenlijk nauwelijks en toch zijn we samen in zoiets groots terechtgekomen. Grappig, hè?' Ze glimlachte. 'Maar deze hele toestand raakt niet alleen u en mij, die raakt iedereen. Iedere keer dat we doen alsof er niets aan de hand is, sterft er een stukje van de wereld. En daarom moeten we gebruiken wat we hebben.'

'Lichte wapens,' zei Doni.

'Precies. Ik heb de mijne, u de uwe.'

Doni keek naar de auto's die voorbijkwamen op de Via Larga; de eindeloze stoet van mensen die van hun werk kwamen. Een Indiase rozenverkoper stond zijn bloemen nat te maken bij een fonteintje op het Piazza Santo Stefano. Alles leek op rolletjes te lopen, alles leek ook zonder hen prima te functioneren. Niemand leek in afwachting van een keuze die moest worden gemaakt, van de uitkomst van welke gewetensstrijd dan ook. Het grote erbarmen van de wereld, dat alles kan toedekken.

'Ik wil je iets laten zien,' zei hij.

'Wat dan?'

'Iets.'

Ze knikte. Ze zag er een beetje moe uit. Terwijl het harder begon te regenen, liepen ze naar het Paleis en kwamen uit bij de voorkant. Om niet kletsnat te worden, hield Elena haar tas boven haar hoofd. Doni leidde haar mee naar de achterkant, in de Via Manara, en bracht haar tot vlak bij de buitenmuur. Hij wees omhoog. 'Zie je die vlekken?' vroeg hij.

'Welke?'

'Die vlekken op de marmeren tegels. Zie je ze?'

'O, die. Ja.'

'Dat zijn geen vlekken. Dat zijn bouten.'

Ze draaide zich naar hem toe. 'Bouten?'

'Ja, die zitten daar omdat die tegels anders naar beneden komen. Toen ze het Paleis hebben verhoogd' – hij wees naar het dak met de donkere opbouw – 'is de boel gaan verzakken, en het gevaar bestaat dat de marmeren tegels loskomen. En dus bouten erin, grote, sterke bouten.'

'Belachelijk!'

Doni haalde zijn schouders op.

'Waarom wilde u me dit laten zien?' vroeg Elena.

'Dit is niet wat ik je wilde laten zien. Tenminste, niet het enige. Wel is het zo dat vanaf de dag dat wij elkaar hebben leren kennen, die bouten vaak in mijn gedachten zijn geweest. Maar ik wilde je iets anders laten zien. Deze kant op.'

Ze liepen om het Paleis heen en kwamen weer uit aan de andere kant. Doni liet haar zich omdraaien naar de voorgevel, die als een nog iets diepere donkerte in de avondschemering stond.

'Lees dat grote opschrift daar.'

'Waar?'

'Dat daar. Fiat iustitia...'

'Fiat iustitia ne pereat mundus,' las Elena.

'Weet je wat dat betekent?'

'Laat er gerechtigheid zijn opdat de wereld niet vergaat?'

'Precies.'

'M'n laatste les Latijn is alweer zo'n twaalf jaar geleden, maar ik red me nog best,' zei ze lachend.

'Inderdaad,' zei Doni. 'Jammer dat er een fout in die zin staat.'

'Een fout?'

'Ja. De zin was oorspronkelijk anders, maar tijdens de fascistische periode hebben ze hem gewijzigd, waarschijnlijk omdat hij te krachtig was, te absoluut. Te gratuit misschien ook wel. Maar opmerkelijk genoeg hebben ze die zin later nooit meer de vroegere vorm gegeven. Alsof dit Paleis op een of andere manier de foute versie van de dingen in zich wil opslaan – maar dat is natuurlijk niet echt zo.' Hij zuchtte. 'Ik wil je niet de indruk geven dat ik een hekel heb aan deze plek, of dat ik alles belachelijk vind hier. Maar soms... Ik weet het niet.'

'Hoe was die oorspronkelijke zin?' vroeg Elena.

Doni kneep zijn ogen wat samen en keek naar de muur. 'Fiat iustitia et pereat mundus,' zei hij, waarbij hij de nadruk op 'et' legde. 'Als er maar gerechtigheid is, mag de wereld vergaan. Als er maar gerechtigheid is, mag verder alles gebeuren.'

Hij wendde zich weer naar haar toe. 'Ach ja, dit wilde ik je dus even laten zien. Niet veel mensen zijn ervan op de hoogte, en ik praat er nooit over. Maar het is wel vreemd, toch?'

'Ja,' zei Elena.

'Wat vind je ervan?'

'Ik vind het vreemd.'

'Ja, inderdaad.'

'Ja.'

Zwijgend bleven ze staan kijken naar de in reliëf op de muur aangebrachte woorden, naar die grote letters en de fout die daarin lag opgesloten, een fout die van geen wijken leek te willen weten. Er kwam geen enkele auto voorbij. Het enige geluid was dat van de regen die tegen het asfalt sloeg.

Nadat ze zo een tijdlang hadden gestaan, schudde Elena de oude magistraat de hand en zei: ‘Bedankt voor alles. Ik hoop u ooit nog eens tegen te komen.’

34

Op zijn knieën in zijn bureaustoel keek Doni naar *De droom van Jozef* van De La Tour, zijn neus een paar centimeter van de reproductie. Hij probeerde de finesses te zien daar waar de hand van de engel de baard van Jozef raakte. Kriebelde de hand de baard, of stond die op het punt de baard te gaan strelen?

Het contrast tussen de arm van de engel en het gezicht van de slapende man was heel sterk; twee dimensies die niet verenigbaar leken. De droom was voller en stoffelijker dan de werkelijkheid. Het leek of de engel de man in een droom voor zich zag – en niet andersom – en de hand werd uitgestoken om uit te vinden of hij wel echt leefde en de boodschap zou kunnen ontvangen.

Hij ging weer gewoon zitten en activeerde met een beweging van de muis zijn computerscherm. Het was de dag voor het hoger beroep en Doni had de hele ochtend besteed aan het geheel wissen en herschrijven van de tekst in het bestand 'Testament'. Daar stond nu:

OPTIE A
Iets ondernemen. Maar wat?

Praten met de hoofdofficier heeft geen zin. *Ik heb vrijwel niets te bieden (niet-geverbaliseerde verklaringen, wilde avonden bij de Via Padova) en als ik de naam van Mohammed vrijgeef, pleeg ik verraad aan Khaled.*

***Vragen om een vervanger** en me dan zelf als getuige aanbieden heeft geen zin. Die vervanger wil mijn getuigenis misschien niet.*

*De enige juiste weg is: **het hoger beroep intrekken.***
Gevolgen: ernstig. Dat gaat in tegen alle ongeschreven regels. Daarbij, in een omgeving waar alles gemotiveerd moet worden, is zonder verdere motivering roepen 'Hierbij trek ik het hoger beroep in' heel gevaarlijk. (Over Elena kan ik absoluut niets loslaten.) Mijn integriteit zou in twijfel kunnen worden getrokken.
Maar als ik geloof dat Khaled onschuldig is, of als ik gerechtvaardigde twijfel heb over zijn schuld, dan is dat nóg niet genoeg.
*Dan moet ik ook **vrijspraak vragen.***

Het woord stond te trillen op het scherm, een en al vibratie. Doni las verder:

*Ik moet **vrijspraak vragen** op basis van vormfouten. Het valt nooit in goede aarde als een aanklager om vrijspraak vraagt, ook niet bij de advocaat. En als de rechter dan alsnog besluit tot een veroordeling te komen, wordt het er voor de verdachte niet beter, maar slechter op.*
Gevolgen: zeer ernstig. Zeker een inspectie, waarschijnlijk een disciplinair onderzoek. Groot risico voor mijn professionele status.
*Slotopmerking: **dat kan óók nog niet genoeg zijn.** Het hof zou kunnen besluiten om Khaled opnieuw te ondervragen, waarna alles nog chaotischer wordt.*
Dus?

Doni stopte met lezen. Na het laatste woord volgde hier, als een plotseling opdoemende afgrond, een aantal witregels. Hij scrolde naar de volgende pagina en herlas ook de laatste drie regels, die in heldere volmaaktheid op het scherm stonden:

OPTIE B
Niets ondernemen.
Een gelukkig leven hebben.

Hij selecteerde het blokje tekst en vergrootte de letters zozeer dat die de paginaranden bereikten. De woorden 'gelukkig leven' kwamen nu op hem af als een smeekbede.

Toen wiste hij alles, sloot het bestand, klikte het weg naar de prullenmand en sloeg zijn armen over elkaar. Hij hoefde alleen maar te wachten. Wat je doet, goed doen. Wat je doet, goed doen. Een middelmatig man die altijd voor het kleine gebaar had gekozen. Zoals toen hij op de *Harmonielehre* zat te blokken om indruk te maken op Claudia, en naar Schumann luisterde met de partituur voor zich, om de melodiebeweging te kunnen volgen: doof voor de schoonheid, maar wel met de drang er iets van te leren.

Er bestaat geen zekerheid in deze wereld. Geen enkele zekerheid.

Maar voor ieder slachtoffer dat bij jullie valt, zal ik iemand uit de narigheid halen.

35

Op de dag van het proces in hoger beroep werd Doni om vijf uur 's morgens wakker. Hij probeerde zich een inspirerende of voorspellende droom te binnen te brengen, maar zijn hoofd was leeg.

Al snel hield hij het in bed niet meer uit. Hij stond op en ging naar de badkamer om zich te wassen. Nadat hij een douche had genomen, ging hij in onderbroek voor de spiegel staan. Zijn slanke borstkas zat vol grijze haartjes en ouderdomsvlekken. Hij deed scheerzeep in een kom en voegde er heet water aan toe. Het condens van de stoom onttrok zijn bovenlichaam voor een deel aan het zicht. Hij smeerde de zeep met een scheerkwast over zijn kin en wangen en begon zich te scheren.

Toen hij klaar was, masseerde hij zijn huid met wat aftershave en waste hij nogmaals zijn oksels. Hij liep de badkamer uit, ging zachtjes de slaapkamer binnen en pakte zijn kleren.

In de huiskamer was het warm en rook het niet prettig: de geur van het avondeten van gisteren – een baklucht vermengd met munt – hing er nog. Zittend op de bank kleedde hij zich aan terwijl hij om zich heen keek. Hij had zich nooit gerealiseerd hoe groot dit huis eigenlijk was. Er was hier veel te veel ruimte voor twee oudjes.

Toen ging hij liggen en staarde naar het plafond, of beter: naar het donker waarin dat nog gehuld ging.

Hoe het zou gaan aflopen.

Hij wist wel hoe het zou gaan aflopen. De benadeelde partij verontwaardigd, blogs en stukken tegen hem. Een officiële aanklacht door de ouders van het meisje. Verlies van status in het openbare leven. Een woedende voorzitter van zijn sectie. Vragen in het parlement...

Overal zouden ze hem aanvallen, op de tv en in de kranten. De mensen zouden tegen hem in opstand komen, Milaan zou hem uitspugen en daarna weer in genade aannemen, zonder het geval ooit echt te vergeten, zoals dat altijd gaat in Italië.

Zeg maar dag tegen je promotie en je overplaatsing, zeg maar dag tegen een rustig leven, zeg maar dag tegen Claudia en Elisa. Wie weet wat die twee van hem zouden vinden, welke aardverschuiving er zich in hun hoofd zou voltrekken.

Misschien kon hij nog een tweede leven beginnen als sociaal advocaat. Maar wie eenmaal een zaak heeft verraden, wordt door niemand meer vertrouwd – wat die zaak ook was. En hij kon zichzelf ook niet echt voorstellen als zo'n mannetje zonder enige welstand, zonder het leven dat hij met zoveel moeite tot in het kleinste detail had ingericht.

Zijn sombere overdenkingen stokten toen opeens tot hem doordrong dat iets anders nog veel hartverscheurender was, en wel het idee dat ook Elena hem zou vergeten, dat ze zich weer in een andere strijd zou werpen, dat ze misschien een gezin zou krijgen en wie weet wel een egoïst zou worden, iemand die zich gewonnen heeft gegeven en daarmee vrede heeft, zoals zovele anderen.

Maar misschien ook niet.

Misschien zou ze hem nog een keer meenemen naar de Via Padova, zouden ze zich opnieuw samen in het gewoel storten en een biertje drinken, en zou hij weer die gewaarwording hebben dat zijn lichaam boven een afgrond hing, de afgrond van de te maken keuze, en dat een onbekend meisje stevig zijn hand vasthield.